KB212014

어린 왕자

앙투안 마리 로제 드 생텍쥐페리 지음 | 김화영 옮김

문학동네

어린 왕자는 철새들의 이동을 이용하여 자기 별을 빠져나왔으리라.

레옹 베르트에게

이 책을 어떤 어른에게 바치게 된 것을 어린이들이 용서해주었으면 한다. 내게는 그럴 만한 진지한 이유가 있다. 그 어른은 이 세상에서 나와 가장 친한 친구이니 말이다. 그 밖에 한 가지 이유가 더 있다. 그 어른은 어린이들을 위한 책까지도 다 이해할 줄 안다는 것이 그것이다. 그리고 세번째 이유는, 그 어른이 지금 프랑스에 살고 있는데 그곳에서 춥고 배고픈 처지에 놓여 있다는 점이다. 그 어른은 위로를 받을 필요가 있는 것이다. 그 모든 이유로도 부족하다면, 나는 이 책을 지난날 어린아이였던 그에게 바치기로 하겠다. 어른들은 누구나 다 처음엔 어린아이였다. (그러나 그것을 기억하는 어른은 별로 없다.) 그래서 나는 이 '바치는 말'을 이렇게 고쳐 써보겠다.

어린 소년이었을 때의 레옹 베르트에게

　여섯 살 적에 나는 『실제로 겪은 이야기』라고 하는, 원시림에 관한 어떤 책에서 멋들어진 그림을 하나 본 적이 있다. 맹수를 꿀 꺽 집어삼키는 보아구렁이 그림이었다. 위의 그림은 그걸 옮겨 그려본 것이다.

　그 책에는 이렇게 적혀 있었다. "보아구렁이는 먹이를 씹지도 않고 통째로 집어삼킨다. 그러고는 더이상 꼼짝도 하지 못한 채 여섯 달 동안 잠만 자며 먹이를 소화시킨다."

그래서 나는 밀림 속에서의 온갖 모험들에 대해서 곰곰이 생각해보았다. 그리고 나도 색연필을 가지고 나름대로 생전 처음 그려보는 그림을 하나 그리게 되었다. 내 그림 제1호였다. 그 그림은 이런 것이었다.

나는 그 걸작품을 어른들에게 보여주고 내 그림이 무서우냐고 물어보았다. 어른들은 대답했다. "모자가 뭐가 무서워?"

내 그림은 모자를 그린 게 아니었다. 그것은 코끼리를 삼키고서 소화시키는 보아구렁이를 그린 것이었다. 그래서 나는 어른들이 알아볼 수 있도록 보아구렁이의 뱃속을 그려넣었다. 어른들에게는 언제나 설명을 해주어야 한다. 내 그림 제2호는 이런 것이었다.

어른들은 나더러 속이 보이건 안 보이건 간에 보아구렁이 그림 따위는 집어치우고 차라리 지리, 역사, 산수, 문법이나 열심히 공부해보는 것이 좋겠다고 충고해주었다. 이리하여 나는 여섯 살 때 화가로서의 멋진 꿈을 접을 수밖에 없었다. 내 그림 제1호와 제2호가 성공을 거두지 못한 것 때문에 낙담하고 만 것이었다. 어른들은 언제나 스스로는 아무것도 이해하지 못한다. 그러니 어린이들로서는 그들에게 매번 설명을 하고 또 해야 하니 피곤한 노릇이다.

그래서 다른 직업을 선택할 수밖에 없게 된 나는 비행기 조종하는 법을 배웠다. 나는 안 가본 곳이 없을 정도로 세상 곳곳을 날아다녔다. 지리공부가 나에게 많은 도움이 된 것은 사실이다. 척 보기만 해도 중국과 애리조나를 구별할 수 있었으니까. 그것은 밤에 길을 잃었을 경우에 매우 유용한 것이다.

이리하여 나는 살아오는 동안 여러 믿음직한 사람들과 수많은 접촉을 갖게 되었다. 어른들 가운데 섞여 오랫동안 살아온 것이다. 나는 그들을 아주 가까이에서 볼 수 있었다. 그 덕분에 그들에 대한 내 생각이 썩 좋은 쪽으로 변한 건 아니다.

어른들 중에 좀 똑똑해 보이는 이를 만날 때면 나는 늘 간직하고 있던 내 그림 제1호를 가지고 그 사람을 시험해보곤 했다. 정말이지 이 사람이 무언가 이해할 줄 아는 사람인지 궁금했던 것이다. 그러나 그 사람은 으레 "모자구나" 하고 대답하는 것이었다. 그러면 나는 보아구렁이니 원시림이니 별이니 하는 이야기는 아예 꺼내지도 않았다. 나는 그가 알아들을 수 있는 얘기만 하게 되었다. 브리지 게임이니 골프니 정치니 넥타이니 하는 것들에 대해 이야기하는 것이었다. 그러면 그 어른은 나같이 제대로 된 사람을 알게 된 것을 몹시 흐뭇하게 여겼다.

02

그래서 나는 서로 마음을 터놓고 이야기할 만한 상대도 없이 홀로 지내왔는데, 육 년 전 어느 날 사하라 사막에서 문득 비행기 고장을 만나게 되었다. 비행기 엔진의 어딘가가 파손된 것이다. 정비사도 승객도 없이 혼자였으므로 나는 그 어려운 수리를 손수 해보겠다고 마음먹었다. 내게 있어서 그것은 죽느냐 사느냐의 문제였다. 마실 물이 일주일분밖에 남아 있지 않았던 것이다.

첫날 밤, 나는 사람이 사는 곳에서 수만 리 떨어진 사막에서 잠이 들었다. 드넓은 바다 한가운데에서 뗏목을 타고 표류하는 난파자보다도 훨씬 더 고립된 신세였다. 그러니 해가 뜰 무렵, 어떤 기이한 목소리에 잠이 깬 내가 얼마나 놀랐을지 여러분은 상상할 수 있을 것이다. 그 목소리는 말했다.

이 그림이 훗날 내가 그의 모습을 그린 그림들 중에서 가장 잘된 것이다.

"저기…… 나 양 한 마리만 그려줘."

"응?"

"나, 양 한 마리만 그려줘."

나는 마치 벼락이라도 맞은 것처럼 후다닥 일어났다. 눈을 비비고 주위를 잘 살펴보았다. 그랬더니 아주 이상하게 생긴 조그만 아이가 나를 심각한 눈으로 쳐다보고 있는 것이었다. 여기 있는 그림은 훗날 내가 그의 모습을 그린 그림들 중에서 가장 잘된 것이다. 그러나 물론 나의 그림은 모델보다는 훨씬 덜 매력적이다. 그렇지만 그건 내 탓이 아니다. 여섯 살 적에 이미 어른들 때문에 화가의 꿈을 접어버린 후 나는 뱃속이 보이지 않거나 보이거나 하는 보아구렁이 외에는 그림 그리는 것을 배워본 일이 없었으니 말이다.

난데없이 나타난 그 아이를 나는 눈이 휘둥그레져서 바라보았다. 여러분은 내가 지금 사람 사는 지역에서 수만 리 떨어진 곳에 홀로 떨어져 있다는 사실을 잊지 말기 바란다. 그런데 이 아이는 길을 잃은 것 같지도 않았고 피곤해서, 배고파서, 목말라서, 무서워서 죽겠다는 표정도 아니었다. 사람 사는 곳에서 수만 리 떨어진 사막 한가운데서 길을 잃은 아이 같은 구석은 조금도 없었다. 이윽고 나는 간신히 정신을 차리고 그에게 말했다.

"그런데…… 넌 여기서 뭘 하고 있는 거니?"

그러자 그는 아주 중대한 일이기나 한 것처럼 아주 나직한 목소리로 같은 말을 되풀이하는 것이었다.

"부탁이야, 나 양 한 마리만 그려줘."

너무나 갑자기 놀라운 일을 당하게 되면 감히 거역할 생각을 못 하는 법이다. 사람이 사는 지역에서 수만 리 떨어진 곳에서 죽음의 위협을 받고 있는 처지에 너무나도 엉뚱하다는 생각은 하면서도 나는 결국 주머니에서 종이 한 장과 만년필을 꺼냈다. 그러나 곧 내가 배운 것은 지리, 역사, 산수, 문법 같은 것이라는 생각이 들어서 (약간 기분이 나빠진 목소리로) 난 그림을 그릴 줄 모른다고 말했다. 그러자 그가 대답했다.

"괜찮아. 나, 양 한 마리만 그려줘."

양은 한 번도 그려본 적이 없었으므로 나는 그에게 내가 그릴 줄 아는 단 두 가지 그림 중의 하나를 그려주었다. 뱃속이 보이지 않는 보아구렁이의 그림 말이다. 그런데 그 아이는 놀랍게도 이렇게 대답하는 것이었다.

"아냐, 아냐! 보아구렁이 뱃속의 코끼리는 싫어. 보아구렁이는 너무 위험해. 그리고 코끼리는 너무 거추장스러워. 내가 사는 곳은 아주 작은 곳이거든. 난 양을 갖고 싶어. 나, 양 한 마리만 그려줘."

그래서 나는 양을 그렸다.

그는 양 그림을 자세히 들여
다보더니 이렇게 말했다.

"안 돼! 이 양은 벌써 병이 들
어버렸는걸. 다른 걸로 하나 그
려줘."

나는 다시 그렸다.

내 친구는 너그럽고 상냥하게 미소를 지었다.

"아이 참…… 그건 양이 아니라 숫
양이잖아. 뿔이 달렸으니까……"

그래서 나는 또다시 그렸다. 그
러나 이번에도 앞의 것들과 마찬
가지로 퇴짜를 맞았다.

"이건 너무 늙었어. 난 오래 살 수 있는 양이 갖고 싶어."

엔진을 분해하는 일이 급하기에 나는 아무렇게나 다음과 같은
그림을 끼적거려놓고는 그에게 한마디를 툭 던져보았다.

"이건 상자야. 네가 원하는 양
은 이 속에 있어."

그러자 내 어린 심판관의 얼
굴이 환해지는 걸 보고 나는 몹
시 놀랐다.

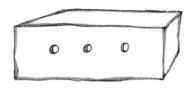

　"내가 원하던 게 바로 이거야! 이 양한테 풀을 많이 줘야 할까?"

　"왜 그런 걸 묻지?"

　"내가 사는 곳은 아주 작거든."

　"풀은 넉넉할 거야. 내가 그려준 건 아주 작은 양이니까."

　그는 고개를 숙이고 그림을 들여다보았다.

　"그다지 작지도 않은데 뭐…… 이런! 잠이 들었네."

　이렇게 해서 나는 이 어린 왕자를 알게 되었다.

03

그 어린 왕자가 어디서 왔는지를 알게 되기까지는 오랜 시간
이 필요했다. 어린 왕자는 내게 많은 것들을 물어보면서도 정작
내가 묻는 말은 조금도 귀담아듣는 것 같지 않았다. 그가 어쩌다
우연히 내뱉는 말들을 통해 나는 차츰차츰 모든 것을 알게 되었
다. 가령, 내 비행기를 처음 보았을 때 (내 비행기는 그리지 않겠
다. 그것은 너무도 복잡한 그림이니까) 그는 나에게 이렇게 물었
던 것이다.

"이 물건은 대체 뭐야?"

"이건 그냥 물건이 아냐. 날아다니는 거라고. 비행기라는 거
야, 내 비행기."

나는 내가 하늘을 날아다닌다는 것을 그에게 가르쳐주게 된

것이 자랑스러웠다. 그랬더니 어린 왕자가 소리쳤다.

"뭐! 그럼 아저씨가 하늘에서 떨어졌다고?"

"응," 하고 나는 겸손하게 대답했다.

"야! 그거 참 재미있는데……"

그러면서 어린 왕자는 아주 유쾌하게 깔깔대며 웃었다. 그 말에 나는 몹시 기분이 나빠졌다. 나는 사람들이 내 불행을 우습게 여기는 것이 싫었다. 그런데 어린 왕자는 말을 이었다.

"그럼 아저씨도 하늘에서 왔구나! 어느 별에서 왔어?"

나는 곧 신비로운 그의 존재를 알아낼 수 있는 한줄기 빛이 엿보이는 것 같아서 불쑥 이렇게 물어보았다.

"그럼 너는 어느 별에서 온 거니?"

그러나 그는 아무 대답도 하지 않았다. 그는 내 비행기를 들여다보면서 가볍게 고개만 끄덕거리고 있었다.

"하긴 이런 걸 타고는 그리 멀리서 오진 못했겠는데."

그러고는 꽤 오랫동안 깊이 생각에 잠기더니 내가 그려준 양그림을 주머니에서 꺼내서는 마치 보물인 양 가만히 들여다보고 있었다.

"다른 별들"에 대해서 슬쩍 내비친 그 속내 이야기에 내가 얼마나 궁금해 몸이 달았을지 여러분은 짐작할 수 있을 것이다. 그래서 나는 그 점에 관해 좀더 알아보려고 애를 썼다.

"애야, 너는 어디서 왔니? '네가 사는 곳'이란 대체 어디니? 내가 그려준 양을 어디로 데려가려고 하는 거니?"

그는 아무 말 없이 생각에 잠겨 있더니 대답했다.

"아저씨가 준 상자가 좋은 건 그게 밤에는 양의 집이 될 수 있다는 거야."

"그렇고말고. 네가 착하게 굴기만 하면 낮에 양을 매어둘 고삐도 그려줄게. 그리고 말뚝도."

나의 제안에 어린 왕자는 어이없어하는 것 같았다.

"양을 매어놓다니! 별 이상한 생각을 다 하는군!"

"하지만 매어놓지 않으면 제멋대로 돌아다니다가 길을 잃을지도 모르는데."

그랬더니 내 친구는 또다시 깔깔거리며 웃어댔다.

"아니, 양이 가긴 어디로 가?"

"어디든. 아무 데나 곧장 앞으로……"

그랬더니 어린 왕자는 심각한 표정이 되어 말했다.

"괜찮아, 내가 사는 곳은

아주 작으니까!"

　그리고 마음이 약간 서글퍼졌는지 이렇게 덧붙였다.

　"앞으로 곧장 가봐야 별로 멀리 갈 수도 없는걸⋯⋯"

소행성 B612에 서 있는 어린 왕자.

04

이렇게 해서 나는 매우 중요한 또 한 가지 사실을 알게 되었다. 그것은 그가 사는 별이 집 한 채보다 더 클까 말까 하다는 사실이 었다!

그것은 내게 그 다지 놀라운 일은 아니었다. 지구, 목성, 화성, 금성같 이 사람들이 이름을 붙 여놓은 큰 별들 말고도 이 우주에는 다른 수백 개의 떠돌이별들이 있는데, 어 떤 것은 너무나 작아서 망원경으로도 보

이지 않을 정도라는 것을 나는 잘 알고 있었던 것이다. 어떤 천문학자가 그런 별을 하나 발견하면 이름 대신 번호를 매겨놓는다. 가령, '소행성 제325호'라는 식으로 부르는 것이다.

　나는 어린 왕자가 살다 온 별이 소행성 B612호라고 생각한다. 거기에는 그렇게 믿을 만한 상당한 근거가 있다. 이 소행성은 1909년에 딱 한 번 터키 천문학자의 망원경에 잡힌 적이 있었다.

　그래서 그는 국제천문학회에 나가서 자기의 발견에 대한 요란한 증명을 해 보였다. 그러나 그가 입고 있는 민속의상 때문에 아무도 그의 말을 믿지 않았다. 어른들이란 이런 식인 것이다.

　그런데 B612호 소행성의 명성을 위해서는 다행한 일이 일어났다. 터키의 한 독재자가 자기 국민들에게 서양식 옷을 입을 것을 강요하면서 이에 거역하는 자는 사형에 처한다고 했던 것이

다. 그래서 그 천문학자는 1920년에 멋있는 양복을 입고 다시 그가 발견한 별에 대한 증명을 해 보였다. 그러자 이번에는 모두 그의 말을 믿었다.

내가 B612호 소행성에 대해서 여러분에게 이토록 자세히 이야기하고 그 번호까지 일러주게 된 것은 어른들 때문이다. 어른들은 숫자를 좋아하는 것이다. 당신이 새로 사귄 친구에 대하여 이야기를 해보면 그들은 제일 중요한 것에 대해서는 도무지 묻지를 않는다. 그들은 "그애 목소리는 어떻지? 그앤 무슨 놀이를 제일 좋아하지? 나비를 수집하니?" 하고 묻는 법이 절대로 없다. "나이는 몇살이지? 형제는 몇이고? 몸무게는? 아버지 수입은 얼마지?" 하고 물어대는 것이다. 그래야 비로소 그 친구에 대하여 안다고 생각한다. 만약 어른들에게 "창가에 제라늄 화분이 놓여 있고 지붕에는 비둘기들이 놀고 있는 멋진 붉은 벽돌집을 보았어요……"라고 말하면 어른들은 그 집이 어떤 집인지를 상상해내지 못한다. 어른들에게는 "십만 프랑짜리 집을 보았어요"라고 해야 한다. 그래야 "야, 참 멋진 집이겠구나!" 하고 감탄한다.

그래서 "어린 왕자가 정말 귀여웠고 잘 웃었고 양 한 마리를 갖고 싶어했지요. 그게 바로 그가 이 세상에 존재하고 있다는 증거예요. 어떤 사람이 양을 갖고 싶어한다면 그건 그가 이 세상에 존재하고 있다는 증거가 되는 거죠"라고 말한다면 그들은 어깨를 으쓱하고는 여러분을 어린애로 취급할 것이다. 그러나 "어린 왕자가 떠나온 별이 B612호 소행성입니다"라고 하면 어른들은 수긍이 간다는 듯 더이상 질문을 해대며 귀찮게 굴지 않을 것이다. 어른들은 다 그렇다. 그걸 가지고 어른들을 나쁘게 생각해서는 안 된다. 어린이들은 어른들을 아주 너그럽게 생각해줘야 한다.

그러나 인생이 뭔지를 알 만큼 아는 우리에겐 물론 소행성의 번호 같은 건 알 바 아니다! 나는 이 이야기를 동화를 이야기하듯 시작하고 싶었다. 이렇게 말이다.

"옛날 옛날에 자기보다 좀더 클까 말까 한 별에 살고 있는 어린 왕자가 있었습니다. 그 왕자는 친구를 가지고 싶었답니다." 인생이 뭔지 알 만큼 아는 사람들에게는 그게 훨씬 더 진실하다는 느낌을 주었을 것이다.

　왜냐하면 나는 사람들이 이 책을 무성의하게 읽어치우지는 말았으면 하는 생각이기 때문이다. 이 추억을 이야기하자니 걷잡을 수 없는 슬픔이 솟아오른다. 어린 왕자가 내가 그린 양을 가지고 떠나가버린 지 벌써 여섯 해나 된다. 지금 여기에다 그의 모습을 그려보려는 것은 그를 잊지 않기 위해서다. 친구를 잊는다는 것은 슬픈 일이니까. 아무에게나 다 친구가 있는 것은 아니다. 그리고 나도 숫자밖에 모르는 어른들처럼 될 수도 있는 것이다. 내가 그림물감 한 상자와 연필들을 산 것도 바로 이런 까닭에서였다.

　여섯 살 적에 뱃속이 들여다보이거나 안 보이거나 하는 보아구렁이 말고는 전혀 그려본 일이 없는 내가 새삼스레 이 나이에 다시 그림을 그린다는 것은 정말 힘든 일이다. 물론 되도록 실물과 가까운 초상화를 그려보려고 노력은 하겠다. 그러나 제대로 그릴 수 있으리라고 자신할 수는 없다. 어떤 그림은 괜찮아 보이는데 또 어떤 그림은 닮지를 않은 것이다. 어린 왕자의 키도 조금씩 틀려지곤 한다. 여기서는 어린 왕자가 너무 크고 저기서는 너무 작다. 또 옷 색깔의 경우도 망설여진다. 그래서 이렇게 저렇게 어둠 속에서 무언가를 찾듯 더듬더듬 그려본다. 결국 나는 가장 중요한 어떤 부분을 잘못 그릴지도 모른다. 그러나 그 점에 대해서는 나를 좀 봐주었으면 한다. 내 친구는 도무지 설명을 해주는 법이 없었으니 말이다. 아마 내가 자기와 같다고 생각했던 것인지도 모른다. 그러나 나는 불행하게도 상자 속에 들어 있는 양을 꿰뚫어보지는 못한다. 아마 나도 어쩌면 어른들과 비슷한지도 모를 일이다. 이젠 나도 나이를 먹었나보다.

05

매일 조금씩 나는 별이니 출발이니 여행이니 하는 것들에 대해서 알게 되었다. 이런 것들은 이런저런 생각을 하는 중에 은연중 입 밖으로 나오게 된 것이었다. 사흘째 되는 날 바오밥나무의 비극을 알게 된 것도 그렇게 해서였다. 이번에도 역시 양 덕분이었다. 마치 무슨 심각한 의문에 사로잡힌 듯이 어린 왕자가 느닷없이 내게 물었으니 말이다.

"양이 작은 나무들을 뜯어먹는다는데 정말일까?"

"그럼, 정말이지."

"야! 그것 참 잘됐다."

양이 작은 나무들을 뜯어먹는다는 게 왜 그리도 중요한지 나는 이해할 수가 없었다. 그러나 어린 왕자는 말을 이었다.

"그렇다면 바오밥나무도 뜯어먹겠네?"

나는 어린 왕자에게 바오밥나무는 작은 나무가 아니라 성당만큼이나 거대한 나무이므로 한 떼의 코끼리를 다 몰고 간다 해도 바오밥나무 한 그루를 다 해치우지는 못할 것이라고 일러주었다.

한 떼의 코끼리라는 말에 어린 왕자는 웃어댔다.

"그럼, 코끼리들을 포개놓아야겠네……"

어린 왕자는 또 영리하게 이런 말도 했다.

"커다란 바오밥나무도 자라기 전엔 조그맣게 돋아나지?"

"그렇긴 하지. 하지만 왜 양이 작은 바오밥나무를 먹겠어?"

"아이, 참! 그 이유를 모른단 말이야?" 하고 어린 왕자는 당연한 일이 아니냐는 듯이 대답했다. 그래서 나 혼자서 이 수수께끼를 푸느라 머리를 짜내지 않으면 안 되었다.

과연 어린 왕자의 별에도 다른 별과 마찬가지로 좋은 풀과 나쁜 풀이 있었던 것이다. 따라서 좋은 풀의 좋은 씨와 나쁜 풀의 나쁜 씨가 있었다. 그러나 씨는 눈에 보이지 않는다. 땅 속 은밀한 곳에 숨어서 자고 있다가 그중의 하나가 어느 날 문득 깨어나고 싶어지는 것이다. 그러면 그것은 기지개를 켜고 우선 아무 해도 되지 않는 예쁘고 조그만 싹을 햇빛을 향해 슬며시 내민다. 그것이 빨간 무나 장미의 싹이라면 마음대로 자라도록 내버려두어도 된다. 하지만 나쁜 식물의 싹이라면 눈에 띄는 대로 뽑아버려야 한다. 그런데 어린 왕자의 별에는 무서운 씨가 있었는데…… 그게 바로 바오밥나무의 씨였다. 그 별의 땅에는 온통 바오밥나무 씨가 널려 있었다. 그런데 바오밥나무란 자칫 손을 늦게 쓰면 영영 없앨 수가 없게 된다. 그놈은 별 전체를 다 차지하면서 그 뿌리로 별에 구멍을 뚫어놓는 것이다. 그래서 별은 작은데 바오밥나무가 너무 많게 되면 별이 산산조각나고 마는 것이다.

어린 왕자는 훗날 나에게 이런 말을 하곤 했다. "그건 규율의 문제야. 아침에 세수를 하고 나면 나의 별도 정성 들여 몸단장을

해줘야 해. 바오밥나무가 아주 어릴 때는 장미와 비슷하지만 곧
장미와 구별할 수 있을 만큼 자라면 규칙적으로 신경을 써서 바
오밥나무를 뽑아버려야 하는 거야. 그건 정말 귀찮긴 하지만 아
주 손쉬운 일이야."

　그리고 어느 날 그는 우리 땅에 사는 어린이들이 머릿속에 잘
새겨둘 수 있도록 멋진 그림을 하나 정성껏 그려보라고 내게 권
했다. "그 어린이들이 언젠가 여행을 하게 되면 도움이 될지도
몰라. 마땅히 할 일을 나중으로 미루어도 별 탈이 없을 때도 더러
있지만 바오밥나무의 경우 그랬다간 반드시 큰 사고가 생겨. 난

바오밥나무.

게으름뱅이가 사는 별을 하나 아는데, 그 게으름뱅이는 작은 나무 세 그루를 소홀히 한 채 그냥 내버려뒀었어."

그래서 어린 왕자가 일러준 대로 나는 그 별의 그림을 그렸다. 나는 도덕군자 같은 말투로 말하는 것을 좋아하지 않는다. 하지만 바오밥나무의 위험을 아는 사람은 너무나도 적고 어떤 소행성에서 길 잃은 사람이 당하게 될 위험은 너무나도 큰 것이므로 딱 한 번만 예외적으로 마음을 고쳐먹기로 한다. 그래서 나는 이렇게 말한다.

'어린이들이여, 바오밥나무를 조심하라!'

내가 이 그림을 이토록 정성스럽게 그린 것은 내 친구들이 나와 마찬가지로 오래 전부터 자신도 모르게 감수하고 있는 위험에 대하여 경각심을 불러일으키기 위해서이다. 내가 그림을 통해 주게 된 교훈은 그만한 값어치가 있는 것이었다. 하지만 여러분은 이런 의문을 가질지도 모르겠다. "왜 이 책에는 바오밥나무의 그림만큼 거창한 그림들이 없는 것일까?" 그 대답은 아주 간단하다. 그리려고 노력은 해보았지만 성공하지는 못했기 때문이다. 바오밥나무들을 그릴 때에는 급박하다는 감정으로 온통 정신이 고조되어 있었던 것이다.

06

아! 어린 왕자여! 나는 이렇게 해서 조금씩 너의 연약하고 쓸쓸한 생활을 알게 되었다. 너에게는 오랫동안 구경거리라고는 그저 해 지는 광경의 감미로움밖에 없었지. 나흘째 되던 날 아침 네가 이런 말을 했을 때에야 나는 그 새로운 사실을 알았다.

"나는 해가 지는 광경이 좋아. 우리 해 지는 걸 보러 가……"

"아직 기다려야 해."

"뭘 기다려?"

"해가 지길 기다려야 해."

처음에 너는 몹시 놀란 표정이었지. 하지만 곧 자기 말이 우습다는 듯 웃음을 터뜨리며 이렇게 말했어.

"지금도 내가 우리 별에 있는 것만 같아서!"

　　그럴 수 있겠지. 누구나 다 알다시피 미국이 정오일 때
프랑스에서는 해가 지지. 단숨에 프랑스로 달려갈 수만 있다면
해 지는 것을 볼 수 있을 거야. 그런데 불행히도 프랑스는 너무
멀리 떨어져 있어. 그러나 너의 조그만 별에서는 의자를 몇 발짝
뒤로 물려놓기만 하면 되었지. 그렇게만 하면 맘 내킬 때마다 해
지는 광경을 볼 수가 있었던 거야.

　　"어느 날은 해 지는 걸 마흔네 번이나 본 적도 있어."

　　그리고 잠시 후 다시 말을 이었지.

　　"그런데…… 몹시 슬플 적엔 해 지는 게 좋아져……"

　　"마흔네 번 본 날 그럼 넌 그렇게도 슬펐던 거야?"

　　　　그러나 어린 왕자는 대답이 없었다.

07

닷새째 되던 날, 이번에도 양 덕분에 어린 왕자의 생활의 또다른 비밀을 알게 되었다. 그는 오랫동안 속으로 곰곰이 생각한 끝에 튀어나온 말인 듯 느닷없이 내게 물었다.

"양이 말이야, 작은 나무를 뜯어먹는다면 꽃도 먹겠지?"

"양은 닥치는 대로 뭐든지 먹지."

"가시가 있는 꽃도 먹어?"

"그럼, 가시 있는 꽃도 먹지."

"그렇다면 가시는 뭣에 쓰는 거지?"

나는 그걸 알 수가 없었다. 나는 그때 엔진에 너무 꼭 조여진 볼트를 빼내는 일에 잔뜩 정신이 팔려 있었다. 비행기의 고장이 매우 심각하다는 느낌이 들기 시작했고 또 마실 물도 얼마 남지

않은지라 최악의 경우가 예상되는 상황이었기 때문에 걱정이 이
만저만이 아니었다.

"가시는 뭣에 쓰는 거지?"

어린 왕자는 한번 물어보면 결코 그냥 넘어가는 법이 없었다.
나는 볼트 때문에 신경이 곤두서 있던 중이라 아무렇게나 대답
해버렸다.

"가시, 그건 아무 쓸모도 없는 거야."

"그래?"

잠시 아무 말이 없다가 어린 왕자는 원망스럽다는 듯이 이렇
게 톡 쏘아붙였다.

"거짓말 마! 꽃들은 연약해. 그리고 순진해. 꽃들은 자기들이
할 수 있는 만큼 자신을 보호하는 거야. 가시가 있으니 자기들은
무서운 존재라고 생각하는 거라고."

나는 아무 대답도 하지 않았다. 그때 나는 속으로 '요놈의 볼
트가 그래도 꼼짝을 안 하면 망치로 두들겨서 튀어나오게 하겠
어!' 하고 생각하는 중이었다. 어린 왕자는 다시 내 생각에 훼방
을 놓았다.

"정말로 그렇게 생각하는 거야? 꽃들이······"

"그만 해줘! 그만! 난 아무 생각도 안 해! 난 아무렇게나 대답
했을 뿐이야. 나에겐 지금 중요한 일이 있어!"

어린 왕자는 어이가 없다는 듯이 나를 쳐다보았다.

"심각한 일이라고!"

어린 왕자는, 손에는 망치를 들고 손가락은 시커먼 기름투성이가 되어가지고 그에겐 아주 못생겨 보이는 무슨 물건 위로 몸을 굽히고 있는 내 모습을 바라보고 있었다.

"아저씨도 다른 어른들과 똑같이 말하네."

이 말에 나는 좀 부끄러워졌다. 그러나 그는 사정없이 말을 이었다.

"아저씨는 모든 걸 혼동하고 있어. 뭐든 다 뒤죽박죽으로 만들어놓고 있잖아!"

어린 왕자는 진짜로 성이 잔뜩 나 있었다. 그는 온통 금빛인 머리카락을 흔들었다.

"나는 어떤 별에 살고 있는 얼굴이 뻘건 아저씨 하나를 알고 있어. 그는 꽃향기라곤 맡아본 적이 없어. 별을 바라본 적도 없고 누구를 사랑해본 적도 없고 오로지 계산밖에는 아무것도 하는 일이 없었어. 그러면서 온종일 '나는 진지한 사람이야! 나는 착실한 사람이야!' 하고 되풀이하면서 여간 거만하게 구는 게 아니야. 그렇지만 그건 사람이 아니라 버섯이라고!"

"뭐라고?"

"버섯이라니까!"

이제 어린 왕자는 너무 화가 나서 얼굴이 하얗게 질려 있었다.

"수백만 년 전부터 꽃은 가시를 만들어 갖고 있어. 그런데도 수백만 년 전부터 양들은 꽃을 먹어왔어. 그런데 어째서 꽃이 아무런 쓸모도 없는 가시를 만들어 가지느라고 그토록 애를 쓰는지 알려고 하는 건 중요한 일이 아니라는 거지? 양들과 꽃들의 전쟁 같은 건 중요한 게 아니라 이거지? 이건 얼굴이 뻘건 뚱뚱이 아저씨가 하는 계산보다 더 심각하고 중요한 일이 못 된다 이거지? 그런데 만약에 내가 내 별 말고는 다른 어디에도 없는, 이 세상에 단 하나뿐인 꽃을 하나 알고 있다면, 그런데 어린 양 한 마리가 어느 날 아침, 무심코 그걸 그냥 덥석 먹어 없애버린다면, 그건 중요한 일이 아니라 이거지?"

어린 왕자는 얼굴이 빨개져서 말을 이었다.

"만약 누군가 수백만 수천만 개나 되는 별 중에서 단 하나밖에 없는 꽃을 사랑하고 있다면, 그 사람은 바로 그 별을 바라보는 것만으로도 마음이 행복해질 수 있는 거야. '저기 어딘가에 내 꽃이

있겠지……' 하고 생각하면서 말이야. 그렇지만 양이 그 꽃을 먹는다고 생각해봐. 이건 그에게는 갑자기 모든 별들이 다 꺼져버리는 거나 마찬가지라고! 그런데도 그게 중요하지 않다는 거야?"

어린 왕자는 더이상 말을 잇지 못했다. 그는 갑자기 흐느껴 울기 시작했다. 어둠이 내린 뒤였다. 나는 손에서 연장을 내려놓아 버렸다. 망치도 볼트도 목마름도 죽음도 모두 다 우습게 생각되었다. 어떤 별에, 어떤 떠돌이 별 위에, 나의 별인 지구 위에 내가 위로해주어야 할 한 어린 왕자가 있었던 것이다! 나는 그를 품안에 안았다. 그를 안고 흔들어 달래면서 나는 말하고 있었다. "네가 사랑하는 꽃은 이제 위험하지 않아…… 너의 양에다가 굴레를 그려줄게…… 그리고 네 꽃에는 울타리를 쳐주고. 또……"

나는 더이상 무슨 말을 해야 좋을지 알 수가 없었다. 나 자신이 너무나 서툴게만 느껴졌다. 어떻게 해야 그의 마음을 어루만져주고 그와 한마음이 될지 알 수가 없었다. 눈물의 나라란 이토록 신비로운 것이다.

08

나는 곧 그 꽃에 대하여 좀더 잘 알게 되었다. 어린 왕자의 별에는 늘 꽃잎이 한 겹만 있는 아주 소박한 꽃들이 있었는데 그것들은 자리도 별로 차지하지 않았고 누구를 귀찮게 하는 일도 없었다. 꽃들은 어느 날 아침 풀 속에서 나타났다가는 저녁이면 져 버렸다. 그런데 어느 날 그 꽃은 어디서 날아왔는지 알 수 없는 씨에서 싹이 텄다. 그래서 어린 왕자는 다른 싹들과는 도무지 닮은 데가 없는 이 싹을 무척 주의 깊게 관찰했다. 새로운 종류의 바오밥나무일지도 모른다고 생각했기 때문이다. 그런데 싹은 이내 생장을 멈추고 꽃봉오리를 맺기 시작했다. 커다란 꽃망울이 자리잡는 것을 지켜보고 있던 어린 왕자는 거기에서 어떤 기적적인 것이 나타날 것을 느끼고 있었다. 그러나 꽃은 그 녹색의 방

속에 숨은 채 언제까지고 아름다워질 단장을 하기에만 바빴다. 꽃은 제 빛깔들을 정성껏 고르고 천천히 옷을 입고 있었다. 그리고 꽃잎들을 하나씩 가다듬어나갔다. 개양귀비꽃처럼 쭈글쭈글 구겨진 모습을 해가지고 밖으로 나오기가 싫었던 것이다. 꽃은 그 아름다움의 빛이 가득해졌을 때에야 비로소 나타나고 싶은 것이었다. 애교가 이만저만 아닌 꽃이었다! 그 꽃의 신비로운 단장이 그러니까 며칠이고 계속됐다. 그러더니 어느 날 아침, 해가 떠오르는 시각에 꽃이 마침내 그 모습을 드러냈다.

그런데 그토록 빈틈없이 몸치장을 해왔으면서도 꽃은 하품을 하며 이렇게 말했다.

"아아! 겨우 잠에서 깨어났네요…… 용서하세요…… 머리가 온통 헝클어졌지 뭐예요……"

어린 왕자는 감탄의 마음을 억누를 수 없었다.

"정말 아름답군요!"

"그렇죠? 나는 해님과 동시에 태어났거든요……" 꽃이 속삭이듯 대답했다.

어린 왕자는 그 꽃이 그다지 겸손하지는 않다는 것을 눈치챘다. 하지만 그 꽃은 너무나도 마음을 설레게 했다!

잠시 후 그 꽃이 말을 이었다. "아침식사 시간이 된 것 같네요. 제 생각을 좀 해주시지 않겠어요?"

어린 왕자는 무척 어리둥절했지만 물뿌리개에 신선한 물을 한 통 길어다가 꽃에 뿌려주었다.

그렇게 그 꽃은 약간 심술궂은 허영심으로 이내 어린 왕자의 마음을 괴롭혔다. 가령, 어느 날 꽃은 제가 가지고 있는 네 개의 가시 이야기를 하며 어린 왕자에게 이런 말을 한 적이 있었다.

"호랑이들이 발톱을 세우고 올 테면 와보라 그래요!"

"내 별에는 호랑이가 없어요. 그리고 호랑이는 풀을 먹지 않아요!" 하고 어린 왕자가 대꾸했다.

"나는 풀이 아니에요." 꽃이 나직하게 대답했다.

"아, 미안해요……"

"난 호랑이 따윈 조금도 무섭지 않아요. 하지만 바람은 질색이에요. 혹시 바람막이는 없으세요?"

'바람은 질색이라…… 식물로서는 안된 일이군. 이 꽃은 꽤 복잡하구나……' 하고 어린 왕자는 생각했다.

"저녁에는 나에게 둥근 덮개를 씌워주세요. 이곳은 대단히 춥군요. 설비도 제대로 되어 있지 않으니. 전에 내가 있던 곳은……"

그러나 꽃은 말끝을 맺지 못했다. 그 꽃은 씨의 모습으로 온 만큼 다른 세상에 대해서는 아무것도 아는 게 없었던 것이다. 이렇게 어이없는 거짓말을 하다가 들킨 것이 부끄러웠는지 꽃은 어

린 왕자에게 잘못을 뒤집어씌우려고 두세 번 기침을 했다.

"바람막이는요?"

"가지러 가려던 참이었는데 당신이 자꾸 말을 했잖아요!"

그러면서도 꽃은 어린 왕자에게 자책감을 느끼게 하려고 억지로 기침을 해댔다.

어린 왕자는 진심에서 우러난 사랑에도 불구하고 이내 꽃을 의심하게 되었다. 그는 꽃이 아무렇지도 않게 한 말을 너무 심각하게 받아들인 탓에 몹시 불행해졌다.

어느 날 그는 내게 속마음을 털어놓았다. "그 꽃이 하는 말에 귀를 기울이지 말걸 그랬어. 꽃이 하는 말은 절대 귀담아들으면 안 돼. 그냥 바라보고 향기만 맡아야 하는 거야. 내 꽃은 내 별에

향기를 뿜어주고 있는데 나는 그걸 즐길 줄 몰랐어. 그 발톱 이야 기에 너무 약이 올랐었거든. 사실은 가엾게 여겼어야 했는데 말이야……"

어린 왕자는 또 이런 말도 했다.

"나는 그때 아무것도 이해할 줄 몰랐던 거야! 그 꽃이 하는 말이 아니라 행동을 보고 판단했어야 하는 건데 말이야. 그 꽃은 내게 향기를 뿜어주고 마음도 환하게 해주었어. 절대로 도망을 쳐버리지는 말았어야 하는 건데! 그 꽃의 대단치 않은 심술 뒤에 애정이 숨어 있는 걸 눈치챘어야 하는 건데 그랬어. 꽃들은 앞뒤가 어긋나는 말을 너무나 잘 하니까! 하지만 난 너무 어려서 꽃을 사랑할 줄 몰랐던 거야."

09

나는 어린 왕자가 철새들의 이동을 이용하여 자기의 별을 빠져나왔으리라 생각한다. 떠나던 날 아침 그는 별을 깨끗이 정돈해놓았다. 그리고 불을 뿜는 화산들도 정성스레 잘 쑤셔놓았다. 그에게는 불을 뿜는 활화산이 두 개 있었다. 그래서 그것은 아침식사를 짓는 데에 매우 편리했다. 그에게는 불 꺼진 화산이 하나 더 있었다. 그러나 그의 말마따나 "혹시 어떻게 될지 알 수 없으니까!" 그 꺼진 화산도 마찬가지로 잘 쑤셔주었다. 화산들은 잘 쑤셔주기만 하면 폭발하지 않고 조용히 규칙적으로 불을 뿜는다. 화산의 폭발이란 벽난로의 불과 같은 것이다. 물론 우리 지구에선 우리 키가 너무 작아서 화산을 쑤셔줄 수가 없다. 그래서 우리는 화산 폭발로 많은 곤란을 당하는 것이다.

그는 불을 뿜는 화산들도 정성스레 잘 쑤셔놓았다.

어린 왕자는 좀 서글픈 마음으로 마지막 바오밥나무 싹들도 뽑아주었다. 다시는 돌아오지 못하리라는 생각이 들었던 것이다. 그렇지만 늘 해오던 그 모든 일들이 그날 아침에는 유난히도 정답게 느껴졌다. 그래서 꽃에 마지막으로 물을 주고 둥근 덮개를 씌워주려는 순간 울음이 터져나올 것만 같았다.

"잘 있어!" 그는 꽃에게 말했다.

그러나 꽃은 대답이 없었다.

"잘 있어!" 그가 한번 더 말했다.

꽃은 기침을 했다. 그러나 그것은 감기 때문은 아니었다.

"내가 어리석었어" 하고 마침내 꽃이 그에게 말했다. "용서해줘. 부디 행복해지길 바라."

나무라는 말이 없어서 그는 놀랐다. 그래서 둥근 덮개를 손에 든 채 어쩔 줄 모르고 우두커니 서 있었다. 꽃이 왜 이렇게 조용하고 온순해졌는지 이해할 수가 없었다.

"그래, 난 너를 사랑해" 하고 꽃이 말했다. "넌 도무지 그걸 눈치채지 못하더라. 내 탓이지 뭐. 아무래도 좋아. 하지만 너도 나만큼이나 어리석었어. 부디 행복해…… 그 둥근 덮개는 내버려둬. 이제 더이상 필요 없어."

"하지만 바람이 불면……"

"감기가 그렇게 심한 건 아니었어. 신선한 밤바람이 내게 좋을 거야. 난 꽃이니까."

"하지만 벌레들이……"

"나비를 보려면 벌레 두세 마리쯤은 참아줘야지. 나비는 정말 아름답다는데. 나비 말고 누가 나를 찾아와주겠어? 너는 멀리 가 있겠지. 큰 짐승들은 말이지, 조금도 겁날 것이 없어. 내 발톱이 있으니까."

그러면서 꽃은 천진난만하게 제가 가진 네 개의 가시를 가리 켰다. 그리고 다시 말을 이었다.

"그렇게 우물거리고 있지 마. 짜증나. 떠나기로 했으면 어서 가."

꽃은 제가 우는 모습을 어린 왕자에게 보이고 싶지 않았던 것 이다. 너무나도 자존심 강한 꽃이니까……

10

어린 왕자의 별은 소행성 325호, 326호, 327호, 328호, 329호, 330호의 지역에 위치하고 있었다. 그래서 일거리도 구하고 무엇인가 배우기도 할 생각으로 우선 그 별들을 하나씩 찾아가보기 시작했다.

첫번째 별에는 어떤 왕이 살고 있었다. 왕은 자주색 천과 흰 담비 가죽으로 만든 옷을 입고 지극히 간소하지만 위엄 있는 옥좌에 앉아 있었다.

"아아! 신하가 한 명 왔도다!" 어린 왕자를 보자 왕은 소리쳤다. 그러자 어린 왕자는 생각했다.

'나를 한 번도 본 일이 없는데 어떻게 나를 알아보는 거지?'

왕에게는 이 세상이 아주 간단하다는 것을 어린 왕자는 알지

못했던 것이다. 왕에게는 모든 사람이 다 신하였다.

"가까이 오라. 짐이 자세히 좀 보아야겠다." 왕은 비로소 누군가의 왕 노릇을 하게 된 것이 무척이나 자랑스러운 듯 말했다.

어린 왕자는 앉을 자리를 찾아 둘러보았으나 별 전체가 그 호화찬란한 망토로 온통 뒤덮여 있었다. 어린 왕자는 피곤해서 하품이 나왔다.

"왕의 앞에서 하품을 하는 것은 예의에 어긋나는 것. 짐은 하품을 금하노라." 왕이 말했다.

"하품을 참을 수가 없습니다" 하고 난처해진 어린 왕자가 말했다. "긴 여행을 했는데 잠을 자지 못했거든요……"

"그렇다면 네게 명하노니 하품을 하도록 하라. 짐은 벌써 몇 해째 하품하는 사람을 통 보지 못했느니라. 하품은 짐에게 좋은 구경거리로다. 자! 하품을 하라. 명령이니라."

"그렇게 말씀하시니 주눅이 들어서…… 더는 하품이 안 나오네요……" 어린 왕자가 얼굴을 붉히며 말했다.

"어흠! 어흠!" 하고 왕이 대답했다. "그렇다면 짐이…… 짐이 네게 명하노니 때로는 하품을 하고, 또 때로는……"

그러면서 왕은 입 속으로 뭐라고 중얼거렸는데 화가 난 듯했다.

왜냐하면 왕은 무엇보다 자기 권위가 존중되기를 원하고 있었기 때문이다. 그는 불복종을 용납할 수가 없었다. 그는 절대 권력을 가진 왕이었다. 그러나 그는 마음이 매우 착했으므로 사리에 맞는 명령을 내리고 있는 것이었다.

"만약에 짐이 어떤 장군더러 물새로 변하라고 명령했는데 장군이 명령에 복종하지 않았다면 그것은 장군의 잘못이 아니라 짐의 잘못이리라" 하고 그는 평소에 늘 말하곤 했다.

"앉아도 될까요?" 어린 왕자는 조심스레 물었다.

"네게 앉기를 명하노라." 이렇게 대답하며 임금님은 흰 담비 가죽으로 된 망토의 자락을 위엄 있게 걷어들여 자리를 내주었다.

그러나 어린 왕자는 의아한 생각이 들었다. 별은 아주 작았다. 대체 왕은 무얼 다스린다는 걸까?

"폐하…… 한 가지 여쭈어봐도 될는지요……"

"짐이 명하노니 질문을 하라." 왕이 서둘러 말했다.

"폐하…… 폐하께서는 무엇을 다스리고 계십니까?"

"모든 것을 다스리노라." 왕은 극히 간단하게 대답했다.

"모든 것을요?"

왕은 슬며시 손을 치켜올리더니 그의 별과 다른 별들과 떠돌이별들을 두루 가리켰다.

"저 별들 모두를요?" 하고 어린 왕자가 물었다.

"저 별들 모두를……" 하고 왕은 대답했다.

왜냐하면 그는 전제군주일 뿐 아니라 전 우주의 군주였던 것이다.

"그럼 별들이 폐하에게 복종하는군요?"

"물론" 하고 왕이 말했다. "즉각 복종하느니. 짐은 불복종을 용납하지 아니하노라."

어린 왕자는 그토록 대단한 권능에 감탄했다. 만약 자기에게도 이러한 권능이 있었다면 의자를 뒤로 물려놓을 것도 없이 해지는 광경을 하루 마흔네 번만이 아니라 일흔두 번, 아니 백 번 이백 번이라도 구경할 수 있었을 것 아닌가! 그런데 문득 멀리두고 온 자신의 작은 별 생각이 나서 약간 울적해진 어린 왕자는 용기를 내어 왕에게 한 가지 청을 드려보았다.

"저는 해 지는 광경을 구경하고 싶습니다. 부디 소원을 들어주시어…… 해가 지도록 명령을 내려주세요."

"만약에 짐이 어떤 장군더러 나비처럼 이 꽃에서 저 꽃으로 날아다니라고 하거나 혹은 비극작품을 한 편 쓰라고 하거나 혹은 물새로 변하라고 명령을 했는데 그 장군이 받은 명령을 이행하지 않는다면 그와 짐 둘 중에 누가 잘못이겠는가?"

"그야 폐하의 잘못이겠죠." 어린 왕자는 자신 있게 대답했다.

"옳도다. 누구에게든 그가 할 수 있는 것을 요구해야 하는 법. 권위는 우선 이치에 그 바탕을 두어야 하는 것이로다. 만약 백성에게 바다에 몸을 던지라고 명령한다면 그들은 반란을 일으킬 것이니라. 오직 짐의 명령이 이치에 어긋나지 않는 까닭에 짐은 복종을 요구할 권한을 갖는 것이니라."

"그러면 제가 해가 지도록 해달라고 청한 것은요?" 한번 물어보면 결코 그냥 넘어가는 법이 없는 어린 왕자가 내처 물었다.

"네가 청한 해 지는 광경은 구경하게 해주겠노라. 그러나 짐의 다스리는 방식에 따라 여러 조건들이 갖추어지기를 기다리겠노라."

"언제 그렇게 되나요?"

"에헴, 에헴!" 하고 왕은 우선 커다란 달력을 찾아보고 나서 대답했다. "에헴, 에헴! 그러니까 그것은…… 그러니까…… 오늘 저녁 일곱시 사십분경이 될 것이니라. 짐의 명령이 얼마나 잘 이행되는지 두고 보라."

어린 왕자는 하품을 했다. 그는 해 지는 광경을 놓쳐버린 것이 섭섭했다. 그리고 벌써 좀 심심해지기 시작했다.

"여기서 더이상 제가 할 게 아무것도 없군요. 그럼 가보겠습니다."

신하를 한 사람 갖게 된 것이 몹시도 자랑스러웠던 왕은 대답했다.

"가지 말라. 가지 말라. 너를 대신으로 삼겠노라!"

"무슨 대신요?"

"에 또…… 사법대신이니라!"

"하지만 판결을 받을 사람이 아무도 없는데요!"

"그건 모르겠노라" 하고 왕이 말했다. "짐은 아직 이 나라를 순시해본 적이 없노라. 짐은 매우 연로하나 마차를 둘 자리도 없고 걸어다니자니 피곤한 일이로다."

"아! 하지만 저는 이미 다 보았는걸요." 허리를 굽혀 별 저쪽을 다시 한번 바라보며 어린 왕자가 말했다. "저쪽에도 아무도 없는걸요."

"그럼 너 자신을 심판하라" 하고 왕이 말했다. "그것이 가장 어려운 일이니라. 남을 심판하기보다는 자기 자신을 심판하는 것이 훨씬 더 어려운 법이니라. 네가 너 스스로를 훌륭히 심판할 수 있게 된다면 그건 네가 참으로 지혜로운 사람인 까닭인 것이다."

"저는요," 하고 어린 왕자가 말했다. "저는 어디서든 제 자신을 심판할 수가 있는걸요. 그러니 굳이 여기서 살 필요는 없어요."

"에헴, 에헴!" 하고 왕이 헛기침을 했다. "짐의 별 어디엔가 늙은 쥐 한 마리가 있는 줄로 알고 있노라. 밤이면 그 소리가 들리노니. 그 늙은 쥐를 심판하라. 이따금씩 그 쥐를 사형에 처하도록 하라. 그러면 그의 생명이 네 심판에 달려 있게 될 것이니라. 허나 매번 그에게 특사를 내려서 아껴두도록 하라. 한 마리밖에 없는 쥐이니."

"저는 사형선고를 내리는 건 싫습니다. 아무래도 가봐야겠습니다."

"아니 된다!" 왕이 말했다.

어린 왕자는 이미 떠날 준비가 다 되었지만 늙은 왕의 마음을 아프게 하고 싶지는 않았다.

"폐하의 명령이 어김없이 이행되기를 바라신다면 제게 이치에 맞는 명령을 내려주시는 것이 좋겠습니다. 가령 저에게 일 분 내로 떠나라고 명령하시는 게 어떨는지요. 조건이 아주 잘 갖춰진 것 같은데요."

왕은 아무 대답도 하지 않았다. 어린 왕자는 약간 망설이다가 이윽고 한숨을 내쉬며 길을 떠났다.

그러자 왕이 급하게 소리쳤다. "너를 짐의 대사로 임명하노라."

왕은 잔뜩 위엄 있는 표정을 짓고 있었다.

'어른들은 정말 이상해!' 어린 왕자는 길을 가며 혼자 생각했다.

11

두번째 별에는 허영심에 빠진 사람이 살고 있었다.

"아, 아! 나를 숭배하는 사람이 찾아오는군!" 어린 왕자를 보자마자 허영심이 많은 사람은 멀리서부터 소리쳤다.

허영심 많은 사람에게는 다른 사람이 모두 자신을 찬양하는 숭배자로 보이는 것이었다.

"안녕하세요. 이상한 모자를 쓰고 계시는군요." 어린 왕자가 말했다.

"이것은 인사를 할 때 쓰는 모자란다. 사람들이 내게 갈채를 보낼 때 답례를 하기 위해서지. 그런데 불행하게도 이곳을 지나가는 사람이 아무도 없단다."

"아, 그래요?" 무슨 말을 하는지 알아듣지 못한 어린 왕자가

말했다.

"두 손뼉을 마주 쳐봐라" 하고 허영심 많은 사람이 시켰다. 어
린 왕자는 두 손을 마주 쳤다. 허영심 많은 사람이 모자를 들어올
리며 겸손하게 인사를 했다.

'이건 왕을 방문했을 때보다 더 재미있는데' 하고 어린 왕자는 속으로 중얼거렸다. 그래서 그는 다시 두 손을 마주 쳤다. 허영심 많은 사람이 모자를 들어올리며 다시 인사를 했다. 오 분쯤 해보고 나자 어린 왕자는 그 단조로운 놀이에 그만 싫증이 났다.

"그 모자가 땅에 떨어지게 하려면 어떻게 해야 하나요?" 어린 왕자가 물었다. 그러나 허영심 많은 사람의 귀에는 그의 말이 들리지 않았다. 허영심 많은 사람들에겐 칭찬하는 말만 귀에 들리는 것이었다.

"너는 진정으로 나를 크게 찬양하고 있는 것이냐?" 그가 어린 왕자에게 물었다.

"찬양한다는 게 뭐죠?"

"찬양한다는 건 내가 이 별에서 가장 미남이고 가장 옷을 잘 입고 가장 부자고 가장 똑똑하다고 인정한다는 뜻이지."

"그렇지만 이 별에는 아저씨 혼자밖에 없잖아요?"

"제발 날 좀 기쁘게 해주렴. 어찌 됐든 나를 찬양만 해다오!"

"난 아저씨를 찬양해요." 어린 왕자가 어깨를 약간 으쓱하며 말했다. "하지만 그게 아저씨한테 무슨 소용이 있는 거죠?"

그리고 어린 왕자는 그 별을 떠났다.

'어른들은 아무리 봐도 정말 이상해!' 어린 왕자는 길을 가며 혼자 생각했다.

12

그 다음 별에는 술꾼이 살고 있었다. 이 별에는 아주 잠깐밖에 머무르지 않았으나 어린 왕자는 그 때문에 마음이 몹시 우울해졌다.

"뭘 하고 계시는 거예요?" 빈 술병 한 무더기와 가득 찬 술병 한 무더기를 앞에 늘어놓고 우두커니 앉아 있는 술꾼을 보고 어린 왕자가 물었다.

"술 마시지." 침울한 표정으로 술꾼이 대답했다.

"술은 왜 마셔요?" 어린 왕자가 그에게 물었다.

"잊으려고." 술꾼이 대답했다.

"뭘 잊어요?" 측은하다는 생각이 든 어린 왕자가 물었다.

　"창피한 걸 잊어버리려고." 술꾼이 고개를 숙이며
마음을 털어놓았다.
　"뭐가 창피한데요?" 그를 돕고 싶어진 어린 왕자가 물었다.
　"술 마시는 게 창피해!" 술꾼은 이렇게 말하고 입을 다물어버
렸다.
　어린 왕자는 황당한 마음으로 그 별을 떠났다.
　'어른들은 아무리 봐도 너무 너무 이상해!' 어린 왕자는
길을 가며 혼자 생각했다.

13

네번째 별은 사업가의 별이었다. 그 사람은 어찌나 바쁜지 어린 왕자가 찾아왔는데도 고개도 들지 않았다.

"안녕하세요." 어린 왕자가 말했다. "담뱃불이 꺼졌군요."

"셋에 둘을 더하면 다섯, 다섯에 일곱이면 열둘, 열둘에 셋이면 열다섯. 안녕. 열다섯에 일곱이면 스물둘, 스물둘에 여섯이면 스물여덟. 아이고, 담배에 다시 불붙일 시간도 없어. 스물여섯에 다섯이면 서른하나라. 휴우! 그러니까 오억일백육십이만이천칠백삼십일이 되는구나."

"뭐가 오억이에요?"

"응? 너 아직도 거기 있었니? 저…… 오억일백만…… 어, 잊어버렸네. 어찌나 바쁜지! 난 중요한 일을 하고 있는 사람이야.

허튼소리 하며 놀고 있는 게 아니라고! 둘에 다섯이면 일곱……"

"뭐가 오억일백만이에요?"

한번 물어보면 결코 그냥 넘어가는 법이 없는 어린 왕자가 내처 물었다.

사업가가 고개를 들었다.

"나는 이 별에서 오십사 년째 살고 있지만 그 동안에 남의 방해를 받은 적은 딱 세 번뿐이야. 첫번째는 이십이 년 전이었는데 어디선가 날아와 떨어진 웬 풍뎅이 한 마리 때문이었어. 그게 요란한 소리를 내서 덧셈이 네 군데나 틀렸지 뭐냐. 두번째는 십일 년 전이었는데 신경통 때문이었어. 난 운동 부족이야. 산책할 시간이 없으니까. 난 중요한 일을 하고 있는 사람이거든. 그리고 세번째는…… 바로 지금이야! 가만있자, 오억일백만이었으니까……"

"뭐가 오억일백만이에요?"

사업가는 조용히 일할 가망이 없음을 깨달았다.

"이따금 하늘에 보이는 저 작은 것들 말이다."

"파리 말예요?"

"아니지, 그게 아니라 반짝거리는 저 작은 것들."

"벌 말예요?"

"아니지. 게으름뱅이들을 공상에 빠지게 만드는 금빛 도는 작은 것들."

"아! 별들 말이군요?"

"맞았어. 별 말이야."

"그 별 오억만 개를 가지고 뭘 하는데요?"

"오억일백육십이만이천칠백삼십일 개란다. 나는 중요한 일을 하는 사람이고 또 정확해."

"글쎄 그 별들을 가지고 뭘 하느냐고요!"

"뭘 하느냐고?"

"네."

"하긴 뭘 해. 그걸 소유하는 거지."

"그 별들을 소유한다고요?"

"그래."

"하지만 전에 만났던 왕이……"

"왕은 소유하지 않아. '다스리는 것' 뿐이지. 그건 아주 다른 거야."

"그럼 별들을 소유하는 게 아저씨한테 무슨 소용이 있는데요?"

"부자가 되는 데 소용 있지."

"부자가 되는 건 무슨 소용이 있는데요?"

"새로운 별이 발견되면 그걸 또 사는 데 소용되지."

'이 사람도 아까 만난 술꾼과 비슷한 말을 하는군.' 어린 왕자는 생각했다. 그래도 어린 왕자는 질문을 계속했다.

"어떻게 하면 별들을 소유할 수가 있어요?"

"그럼 별들은 누구 거지?" 사업가는 삐딱하게 반문했다.

"몰라요. 그 누구의 것도 아니겠죠."

"그러니까 내 거지. 내가 제일 먼저 그 생각을 해냈으니까."

"생각만 하면 다예요?"

"물론이지. 네가 임자 없는 금강석을 발견하면 그 금강석은 네 거야. 임자 없는 섬을 발견해도 그건 네 거야. 네가 어떤 생각을 제일 먼저 해냈다면 바로 특허를 받아야 해. 그럼 그건 네 거야. 별을 소유할 생각을 나보다 먼저 한 사람이 아무도 없으니까 별들은 내 소유가 되는 거지."

"맞아요" 하고 어린 왕자가 말했다. "하지만 그걸 가지고 뭘하지요?"

"그것들을 관리하지. 그 별들을 세고 또 세면서 말이야." 사업가가 말했다. "그건 어려운 일이지만 난 진지한 사람이거든!"

어린 왕자는 그래도 만족스럽지 않았다.

"나는 말이에요, 목도리를 가지고 있으면 그걸 목에 두르고 다닐 수가 있어요. 또 꽃을 가지고 있으면 그걸 꺾어서 어디든지 가지고 다닐 수도 있어요. 그렇지만 아저씨는 별을 딸 수가 없잖아요!"

"그야 그렇지. 하지만 그걸 은행에 맡길 수는 있지."

"그건 무슨 말이에요?"

"조그만 종잇조각에다 내 별의 개수를 적어서 서랍에 넣고 자물쇠로 꼭꼭 잠가둔단 말이야."

"그게 다예요?"

"그러면 다지!"

'재미있는데' 하고 어린 왕자는 생각했다. '상당히 시적인걸. 그렇지만 그리 중요한 일은 아니군.'

어린 왕자는 중요한 일에 대해서 어른들과는 매우 다른 생각을 가지고 있었다.

"나는 말예요," 하고 그가 또 말했다. "꽃을 하나 가지고 있는데 난 그 꽃에 매일 물을 줘요. 또 화산도 세 개 가지고 있어서 일주일에 한 번씩 청소해줘요. 불이 꺼진 화산도 다 청소해주거든요. 언제 어떻게 될지 모르니까요. 내가 꽃이나 화산을 소유한다는 건 그들에게 유익한 일인 거예요. 하지만 아저씨는 별들에게 그다지 유익할 게 없는데⋯⋯"

사업가는 무슨 말인가 하려 했으나 마땅히 대답할 말이 생각나지 않았다. 그래서 어린 왕자는 그 별을 떠났다.

'어른들은 아무리 봐도 완전히 이상해!' 어린 왕자는 길을 가며 혼자 생각했다.

14

다섯번째 별은 아주 재미있는 별이었다. 별들 중 가장 작은 별
이었다. 그저 가로등 하나와 가로등 켜는 사람 하나가 서 있을 만
한 자리밖에 없었다. 하늘 한 구석, 집도 없고 사람도 없는 별에
가로등과 가로등 켜는 사람이 무슨 소용이 있는 것인지 어린 왕
자로서는 도무지 이해할 수가 없었다. 그래서 어린 왕자는 속으
로 이런 생각을 했다.

'이 사람은 분명 엉뚱한 사람일 거야. 그래도 왕이나 허영심
많은 사람이나 사업가, 혹은 술꾼보다는 덜 엉뚱한 사람이지. 적
어도 이 사람이 하는 일은 어떤 의미가 있어 보이니까. 가로등을
켜면 그건 별 한 개를, 혹은 꽃 한 송이를 태어나게 하는 것과 마
찬가지니까. 가로등을 끄면 꽃이나 별을 잠들게 하는 거고. 그러

정말이지 이건 고달픈 직업이야.

니까 그건 아주 아름다운 직업이야. 아름다우니까 진짜로 유익한 것이고.'

그 별에 다가가며 어린 왕자가 가로등 켜는 사람에게 정답게 인사를 했다.

"안녕, 왜 지금 가로등을 껐어?"

"명령이야. 좋은 아침!" 가로등 켜는 사람이 대답했다.

"명령이 뭔데?"

"이 가로등을 *끄*라는 거지. 잘 자."

그러고 나서 점등인은 다시 가로등을 켰다.

"그런데 왜 또 금방 가로등을 다시 켰어?"

"명령이야."

"무슨 소린지 도무지 모르겠군." 어린 왕자가 말했다.

"이해하려 할 것 없어. 명령은 명령이니까. 좋은 아침."

그러고는 가로등 켜는 사람은 가로등을 다시 켰다.

그런 다음 붉은 바둑판 무늬 손수건으로 이마의 땀을 닦았다.

"정말이지 이건 고달픈 직업이야. 전에는 무리한 일이 아니었지. 아침이 되면 불을 *끄*고 저녁이 되면 다시 켰으니까. 그리고 나머지 낮시간에는 쉬고 밤시간에는 잘 수 있었고……"

"그럼 그후에 명령이 바뀌었어?"

"명령이 바뀌지 않았으니까 문제지! 별은 해마다 점점 더 빨리 돌고 있는데 명령은 바뀌지 않으니 원!"

"그래서?"

"그래서 별이 일 분에 한 번씩 회전하는 지금은 일 초도 쉴 새가 없는 거야. 일 분에 한 번씩 불을 켰다 껐다 해야 하니까!"

"정말 이상하네! 아저씨네 별에서는 하루가 일 분이네!"

"조금도 이상할 것 없어. 우리가 이야기하고 있은 지 벌써 한 달이 된 거야."

"한 달이?"

"그래, 삼십 분이 지났으니 삼십 일이지! 잘 자."

그리고 그는 다시 가로등을 켰다.

어린 왕자는 그를 바라보았다. 너무나도 명령에 충실한 그 사람이 좋아졌다. 그러자 어린 왕자는 전에 의자를 뒤로 옮겨가며 보고 싶어했던 해 지는 광경이 생각났다. 그는 친구를 도와주고 싶었다.

"저기 말이지…… 쉬고 싶을 때 쉴 수 있는 방법이 있어."

"쉬고 싶은 생각뿐이야." 가로등 켜는 사람이 말했다.

사람은 누구나 성실하게 일하면서도 한편은 게으름을 피우고 싶을 수 있는 것이다.

어린 왕자는 말을 이었다.

"아저씨네 별은 하도 작아서 세 발짝만 옮겨놓으면 한 바퀴 돌 수 있어. 천천히 걷기만 하면 언제나 해가 떠 있게 돼. 쉬고 싶을 때는 그냥 천천히 걸어봐…… 그러면 원하는 만큼 해가 길어질 거야."

"그렇게 해봤자 별로 나아질 게 없어. 내가 무엇보다 제일 바라는 건 잠을 자는 거니까."

"정말 안됐군" 하고 어린 왕자가 말했다.

"안됐지" 하고 가로등 켜는 사람이 말했다. "좋은 아침!"

그리고 그는 가로등을 껐다.

어린 왕자는 다시 길을 가며 이런 생각을 했다.

'이 사람은 아마도 왕이나 허영심 많은 사람이나 술꾼, 혹은 사업가 같은 사람들에게 업신여김을 당할지도 몰라. 하지만 우스꽝스러워 보이지 않는 사람은 이 사람 하나뿐이야. 아마도 자기 자신이 아닌 다른 일에 열심이기 때문일 거야.'

어린 왕자는 아쉽다는 생각이 들어 한숨을 내쉬며 또 이런 생각을 했다.

'내가 친구로 삼을 만한 사람은 저 사람 하나뿐이었는데. 하지만 그의 별은 너무 작아. 둘이 서 있을 자리가 없으니……'

어린 왕자의 가슴속엔 스스로에게도 차마 고백하지 못하는 것이 있었다. 그것은 무엇보다도 스물네 시간 동안 천사백마흔

번이나 해가 지는 저 축복받은 별을 못내 잊지 못하고 있다는 사
실이었다.

15

여섯번째 별은 열 배나 더 큰 별이었다. 그 별에는 엄청나게 큰 책을 쓰고 있는 늙은 신사가 살고 있었다.

"야! 탐험가가 하나 왔군그래!" 어린 왕자를 보자 그가 소리 쳤다.

어린 왕자는 테이블 앞에 와 앉으며 가쁜 숨을 몰아쉬었다. 벌써 많은 여행을 했던 것이다!

"어디서 오는 거냐?" 늙은 신사가 물었다.

"이 두꺼운 책은 뭐예요?" 하고 어린 왕자는 말했다. "여기서 무얼 하고 계세요?"

"나는 지리학자야." 늙은 신사가 말했다.

"지리학자가 뭔데요?"

 "바다와 강과 도시와 산, 그리고 사막이 어디 있는지 아는 학
자지."

 "그건 정말 재미있겠는데요." 어린 왕자가 말했다. "그거야말
로 진짜 직업다운 직업이군요!" 그리고 어린 왕자는 지리학자의
별을 한번 휘둘러보았다. 그는 아직까지 그처럼 멋들어진 별을
본 적이 없었던 것이다.

 "별이 참 아름다워요. 넓은 바다도 있나요?"

 "그건 알 수 없지." 지리학자가 대답했다.

 "그래요? (어린 왕자는 실망했다.) 그럼 산은요?"

 "그것도 알 수 없지." 지리학자가 말했다.

 "그럼 도시와 강과 사막은요?"

"그것도 알 수 없지." 지리학자가 말했다.

"지리학자라면서요?"

"그야 그렇지. 하지만 난 탐험가가 아냐. 내겐 탐험가가 절대적으로 모자라. 도시와 강과 산, 바다와 사막을 세며 돌아다니는 건 지리학자가 아냐. 지리학자는 너무나 중요한 사람이어서 한가하게 돌아다닐 틈이 없어. 서재를 떠나지 못해. 서재에 앉아서 탐험가들을 만나지. 그들에게 여러 가지 질문을 하고 그들이 기억한 내용을 기록해두는 거야. 그래서 그중 어느 탐험가의 이야기가 흥미롭다 싶으면 지리학자는 그 탐험가가 믿을 만한 사람인지 그 됨됨이를 조사하는 거야."

"그건 왜요?"

"만약 어떤 탐험가가 거짓말을 한다면 지리책에 큰 문제가 생기고 말 테니까. 또 술을 너무 많이 마시는 탐험가도 마찬가지고."

"그건 왜요?" 어린 왕자가 물었다.

"취한 술꾼의 눈에는 모든 게 둘로 보이니까. 그렇게 되면 산이 하나밖에 없는데도 두 개라고 기록할 게 아니겠어?"

"내가 아는 어떤 사람도 그럼 좋지 못한 탐험가일지 모르겠네요." 어린 왕자가 말했다.

"그럴 수도 있지. 그래서 탐험가가 믿을 만해 보이면 그가 발견한 것에 대해서 조사를 한다."

"직접 가서 보나요?"

"아니야. 그러면 너무 번거롭지. 그 대신 탐험가에게 증거를 제시해보라고 요구하는 거야. 가령 큰 산을 발견했다면 그 산의 큰 돌들을 가져와보라고 요구하는 거지."

지리학자가 갑자기 흥분했다.

"그런데 넌, 너는 멀리서 왔지? 탐험가겠군! 네가 살던 별에 대해서 이야기해봐!"

그러고는 지리학자는 장부를 펼쳐놓고 연필을 깎았다. 탐험가들의 이야기를 처음에는 연필로 적어두었다가 나중에 탐험가가 증거를 제시하면 그제야 잉크로 적는 것이었다.

"그래서?" 하고 지리학자가 물었다.

"제 별은요, 별로 흥미 있는 것이 못 돼요. 아주 작은 별이니까요." 어린 왕자가 말했다. "화산이 셋 있어요. 둘은 활화산이죠. 그리고 하나는 사화산이에요. 하지만 언제 어떻게 될지 알 수 없는 일이죠."

"언제 어떻게 될지 알 수 없는 일이지." 지리학자가 말했다.

"제 별에는 꽃도 하나 있어요."

"우리는 꽃은 기록하지 않아." 지리학자가 말했다.

"왜요! 아주 아름다운 꽃인데요!"

"꽃이란 덧없는 거니까."

"덧없다는 게 뭐예요?"

"지리책은 모든 책 중에서 가장 귀중한 책이야. 그것은 절대로 유행을 타는 법이 없지. 산이 자리를 바꾸는 일은 거의 없어. 바다의 물이 말라버렸다는 일도 거의 없고. 나는 그런 변함없는 것들만 기록해." 지리학자가 말했다.

"그렇지만 불 꺼진 사화산도 다시 살아날 수 있어요" 하고 어린 왕자가 말을 막았다. "그런데 덧없다는 게 뭐예요?"

"화산은 꺼진 것이건 불타는 것이건 우리에겐 매한가지야. 우리에게 중요한 건 산이니까. 산은 변함이 없어."

"그런데 덧없다는 게 뭐예요?" 한번 물어보면 결코 그냥 넘어가는 법이 없는 어린 왕자가 내처 물었다.

"그것은 '머지않아 사라져버릴 위험이 있다'는 뜻이야."

"내 꽃이 머지않아 사라져버릴 위험이 있다는 건가요?"

"물론이지."

'내 꽃은 덧없는 것이구나!' 하고 어린 왕자는 혼자 생각했다. '세상과 맞서서 자기를 보호할 수단이라곤 가시 네 개밖에 없고! 그런 꽃을 내 별에 혼자 두고 왔으니!' 처음으로 후회의 감정이 솟구쳐올랐다. 그러나 그는 다시 용기를 냈다.

"저는 이제 어느 별을 찾아가보는 게 좋을까요?" 그가 물었다.

"지구라는 별에 가봐" 하고 지리학자가 대답했다. "평판이 좋은 별이니까……"

　　그리하여 어린 왕자는 그의 꽃 생각을 하면서 다시 길을 떠났다.

16

일곱번째 별은, 그러니까 지구였다.

지구는 어디서나 볼 수 있는 흔한 별이 아니다! 거기에는 백열한 명의 왕(물론 흑인 왕들을 포함해서), 칠천 명의 지리학자, 구십만 명의 사업가, 칠백오십만 명의 주정뱅이, 삼억천백만 명의 허영심 많은 사람 등 약 이십억쯤 되는 어른들이 살고 있다.

전기가 발명되기 전까지는 육대주 전체를 통틀어 사십육만이천오백십일 명이나 되는 가로등 켜는 사람을 두어야 했다고 설명하면 여러분은 지구라는 별의 크기가 어느 정도인지를 짐작할 수 있을 것이다.

그래서 좀 멀리 떨어져서 바라보면 그건 여간 찬란한 모습이 아니었다. 크게 무리지어 움직이는 그들의 모습은 마치 오페라에서 보는 발레의 그것처럼 질서정연한 것이었다. 제일 먼저는 뉴질랜드와 오스트레일리아의 가로등 켜는 사람들의 차례였다. 이들이 등불을 켜놓고 마침내 잠을 자러 가고 나면 이번에는 중국과 시베리아의 가로등 켜는 사람들이 춤을 추기 시작하는 것이었다. 그리고 이들 역시 곧 무대 뒤로 자취를 감추었다. 그러면 러시아와 인도의 가로등 켜는 사람들 차례가 되었다. 그 다음은 아프리카와 유럽, 다음은 남아메리카, 그리고 북아메리카, 이런 순서였다. 그들이 무대에 등장하는 순서가 틀리는 일은 절대로 없었다. 정말이지 장관이었다.

　다만 북극의 단 하나밖에 없는 가로등을 켜는 사람과 남극의 하나밖에 없는 그의 동료만이 한가롭고 나른한 생활을 하고 있었다. 그들은 일 년에 두 번만 일을 하면 되는 것이었다.

17

재치 있게 말하려다가 다소 거짓말을 하게 되는 수가 있다. 내가 가로등 켜는 사람들에 대하여 한 이야기가 아주 정직한 것은 아니었다. 지구에 대해서 잘 알지 못하는 사람들에게 자칫하면 지구에 대해 잘못된 생각을 갖게 할 염려가 없지 않으니 말이다. 사람들이 지구 위에서 차지하는 자리란 지극히 작은 것이다. 지구에 사는 이십억 명의 사람들이 무슨 집회를 하듯 한 장소에 빼곡히 모여 선다면 아마도 길이 이십 마일, 넓이 이십 마일 정도 되는 광장 안에 넉넉히 다 들어갈 수 있을 것이다. 인류 전체를 태평양의 제일 작은 섬에다가 빽빽이 몰아넣을 수도 있을 것이다.

어른들은 물론 이런 말을 믿지 않을 것이다. 그들은 자신들이 상당히 큰 자리를 차지하고 있다고 생각하는 것이다. 그들은 자신들이 바오밥나무처럼 중요하다고 생각한다. 그러므로 여러분은 그들에게 계산을 해보라고 일러주는 게 좋다. 그들은 숫자를 대단히 좋아하니까. 그건 그들의 마음에 들 것이다. 그러나 여러분은 그 문제를 푸느라고 시간을 낭비할 필요가 없다. 쓸데없는 일이다. 내 말만 믿으면 된다.

어린 왕자는 그래서 일단 지구에 도착하고 나자 사람이 아무도 없는 것을 보고 무척 이상하다는 생각이 들었다. 그래서 별을 잘못 찾아오지 않았나 하고 걱정을 하는 참이었는데 모래 속에서 달같이 빛나는 고리 하나가 꿈틀대는 것이 보였다.

"안녕." 어린 왕자가 무턱대고 말했다.

"안녕." 뱀이 대답했다.

"지금 내가 도착한 별이 무슨 별이니?" 어린 왕자가 물었다.

"지구야, 아프리카지." 뱀이 대답했다.

"아, 그래! ……그럼 지구에는 사람이 아무도 없니?"

"여기는 사막이야. 사막에는 사람이 하나도 없어. 지구는 크단다." 뱀이 대답했다.

어린 왕자는 돌 위에 앉아 하늘을 쳐다보았다.

"언젠가 사람들이 저마다 자기의 별을 다시 찾아낼 수 있도록 하려고 별들이 저렇게 반짝이고 있는 게 아닐까 하는 생각이 드는군." 그가 말했다. "내 별을 봐. 바로 우리 머리 위에 있어……

"넌 아주 이상하게 생긴 동물이구나. 손가락처럼 가느다란 것이⋯⋯"

하지만 어쩌면 저렇게 멀까!"

"예쁜 별이로구나. 여긴 왜 왔니?" 뱀이 말했다.

"어떤 꽃하고 말썽이 있었거든." 어린 왕자는 대답했다.

"아!" 하고 뱀이 말했다.

그리고 그들은 둘 다 아무 말이 없었다.

"사람들은 다 어디 있지?" 이윽고 어린 왕자가 다시 입을 열었다. "사막은 좀 외롭군……"

"사람들이 있어도 외로운 건 마찬가지지." 뱀이 대답했다.

어린 왕자가 한참 동안 그를 쳐다보았다.

"넌 아주 이상하게 생긴 동물이구나. 손가락처럼 가느다란 것이……" 하고 마침내 그가 말했다.

"하지만 나는 왕의 손가락보다도 더 센걸." 뱀이 말했다.

어린 왕자는 빙그레 웃었다.

"별로 세 보이지 않는데 뭐…… 넌 발도 없잖아. 여행도 할 수 없겠는데……"

"난 너를 배보다 더 멀리 데려다줄 수 있어." 뱀이 말했다.

뱀은 어린 왕자의 발목을 금팔찌 모양으로 감으며 말했다. "내가 건드리는 사람은 자기가 나왔던 땅으로 다시 돌아가게 돼. 하지만 넌 순진하고 또 어떤 별에서 왔으니까……"

어린 왕자는 아무 대답도 하지 않았다.

"널 보니 가엾은 생각이 드는구나. 그렇게 연약한 아이가 딱딱한 돌뿐인 지구에 왔으니. 네 별이 너무 그리워지면 언제고 너를 도와줄게. 나는 말이지……"

"응! 잘 알았어. 그런데 넌 어째서 밤낮 수수께끼 같은 말만 하니?" 어린 왕자가 말했다.

"난 그 수수께낄 모두 풀어줄 수 있어." 뱀이 말했다.

그러고 나서 그들은 입을 다물었다.

18

어린 왕자는 사막을 가로질러 갔지만 만난 것은 오직 꽃 한 송이뿐이었다.

꽃잎이 고작 셋인 아주 보잘것없는 꽃이었다.

"안녕." 어린 왕자가 말했다.

"안녕." 꽃이 대답했다.

"사람들은 어디 있지?" 어린 왕자가 공손히 물었다.

이 꽃은 어느 날 대상隊商의 무리가 지나가는 것을 본 적이 있었다.

"사람들? 글쎄, 예닐곱 명 있기는 한가봐. 몇 해 전엔가 그 사람들을 본 적이 있어. 그렇지만 어딜 가야 그들을 찾을 수 있는지 모르겠어. 바람이 부는 대로 떠돌아다니니까. 뿌리가 없는 사람들이거든. 그래서 아주 곤란해하지."

"잘 있어." 어린 왕자가 말했다.

"잘 가." 꽃이 말했다.

19

어린 왕자는 어느 높은 산 위로 올라갔다. 그가 아는 산이라고
는 고작 무릎까지 오는 세 개의 화산뿐이었다. 불 꺼진 화산을 그
는 걸터앉는 의자로 사용하곤 했었다. '이렇게 높은 산 위에서라
면 별 전체와 사람들을 한눈에 다 볼 수 있겠는걸.' 어린 왕자는
혼자서 생각을 했다. 그러나 보이는 것이라곤 바늘 끝처럼 뾰족
뾰족한 바위산들뿐이었다.

"안녕." 그는 무작정 인사를 했다.

"안녕…… 안녕…… 안녕……" 메아리가 대답했다.

"너희들 누구니?" 어린 왕자가 말했다.

"너희들 누구니…… 너희들 누구니…… 너희들 누구니……"
메아리가 대답했다.

"내 친구들이 되어줘. 나는 외로워." 어린 왕자가 말했다.

"나는 외로워…… 나는 외로워…… 나는 외로워……" 메아리가 또 대답했다.

그래서 어린 왕자는 생각했다. '참 이상한 별이군! 온통 메마르고 온통 뾰족뾰족하고 온통 소금투성이야. 그리고 사람들은 상상력이 없는지 남의 말을 되풀이나 할 뿐이니…… 내 별에는 꽃 한 송이가 있었지. 그 꽃은 언제나 먼저 말을 걸곤 했는데……'

이 별은 온통 메마르고 온통 뾰족뾰족하고 온통 소금투성이군.

20

  그러나 어린 왕자는 오랫동안 모래와 바위들과 눈 속을 헤매
고 나서 마침내 길을 하나 발견했다. 그리고 길들은 모두 사람들
이 있는 곳으로 나 있는 것이다.

  "안녕." 어린 왕자가 말했다.

  그곳은 장미꽃이 만발한 정원이었다.

  "안녕." 장미꽃들이 대답했다.

  어린 왕자가 그들을 바라보았다. 모두가 다 자기 별에 두고 온
그의 꽃을 닮은 것이었다.

  "너희들은 누구니?" 어린 왕자가 깜짝 놀라며 그들에게 물었다.

  "우린 장미꽃이야." 그들이 대답했다.

  "아, 그래?" 어린 왕자가 말했다.

　그러자 어린 왕자는 자신이 몹시 불행하게 느껴졌다. 그의 꽃은 이 세상에 자기와 같은 꽃은 하나도 없다고 늘 그에게 말했었다. 그런데 지금 이 정원 한 곳에만 똑같은 꽃이 오천 송이나 피어 있는 게 아닌가!

　'내 꽃이 이걸 보면 무척 속상할 거야……' 하고 어린 왕자는 생각했다. '아마 기침을 마구 해대며 창피한 꼴을 면하려고 죽는 시늉을 할지도 몰라. 그럼 나는 그를 간호해주는 척해야겠지. 그러지 않으면 내게 죄책감을 주려고 정말로 죽어버릴지도 몰라……'

　그리고 어린 왕자는 이런 생각도 했다. '난 이 세상에 단 하나밖에 없는 꽃을 가진 부자인 줄만 알고 있었지. 그런데 알고 보니 내가 가진 꽃은 겨우 평범한 장미꽃이군. 그리고 기껏 무릎까지 밖에 안 오는 화산 세 개. 그중 하나는 영영 꺼져버렸는지도 모르는데, 그 정도 가지고는 대단한 왕자가 되긴 틀렸어……'

그래서 그는 풀밭에 엎드려 울었다.

21

여우가 나타난 것은 바로 그때였다.

"안녕." 여우가 말했다.

"안녕." 어린 왕자는 공손히 대답하며 뒤를 돌아보았다. 아무것도 보이지 않았다.

"나, 여기 있어. 사과나무 밑에⋯⋯" 하는 목소리가 들렸다.

"너 누구지? 참 예쁘구나." 어린 왕자가 말했다.

"난 여우야."

"이리 와서 나하고 놀자" 하고 어린 왕자가 청했다. "난 지금 너무 슬프단다⋯⋯"

"난 너하고 놀 수가 없어." 여우가 말했다. "난 길들여지지 않았거든."

"아, 그래? 미안해." 어린 왕자가 말했다.

그러나 잠시 생각해보다가 그가 다시 말했다.

"'길들인다' 는 게 뭐지?"

"넌 여기 사는 애가 아니구나. 넌 뭘 찾고 있는 거니?" 여우가 말했다.

"난 사람들을 찾고 있어." 어린 왕자가 말했다. "'길들인다' 는 게 뭐지?"

"사람들은 말이야," 하고 여우가 말했다. "총을 가지고 사냥을 하지. 그건 정말 곤란한 일이야. 사람들은 또 닭도 기르지. 그들이 관심 있는 건 그것뿐이야. 너도 닭을 찾고 있는 거지?"

"아니, 난 친구들을 찾고 있어. '길들인다' 는 게 뭐지?"

"그건 사람들이 너무나 잊고 있는 건데…… 그건 '관계를 맺는다' 는 뜻이야." 여우가 말했다.

"관계를 맺는다고?"

"물론이지." 여우가 말했다. "넌 나에게 아직은 수없이 많은 다른 어린아이들과 조금도 다를 바 없는 한 아이에 지나지 않아. 그래서 나는 널 별로 필요로 하지 않아. 너 역시 날 필요로 하지 않고. 나도 너에게는 수없이 많은 다른 여우들과 조금도 다를 바 없는 한 마리 여우에 지나지 않지. 하지만 네가 나를 길들인다면 우리는 서로를 필요로 하게 되는 거야. 너는 내게 이 세상에서 하나밖에 없는 존재가 되는 거야. 난 네게 이 세상에서 하나밖에 없는 존재가 될 거고……"

"이제 좀…… 알 것 같아." 어린 왕자가 말했다. "꽃 한 송이가 있는데 말이야…… 그 꽃이 날 길들였나봐……"

"그럴 수도 있겠지." 여우가 말했다. "지구에는 별의별 일이 다 있으니까……"

"아, 아니야! 그건 지구에서 있었던 일이 아니야." 어린 왕자가 말했다.

그러자 여우는 아주 궁금해하는 것 같았다.

"그럼 다른 별에서?"

"응."

"그 별에도 사냥꾼들이 있지?"

"아니, 없어."

"그것 참 재미있네! 그럼 닭은?"

"없어."

"이 세상에 완전한 건 없다니까." 여우가 한숨을 내쉬었다.

그러나 여우는 다시 하던 이야기를 계속했다.

"내 생활은 단조롭단다. 나는 닭들을 사냥하고 사람들은 나를 사냥하지. 닭들은 모두 비슷비슷하고 사람들도 모두 비슷비슷해. 그래서 난 좀 따분해. 하지만 네가 나를 길들인다면 내 생활은 햇빛이 드는 것처럼 환해질 거야. 난 다른 모든 발소리와는 다른 한 가지 발소리를 분간할 수 있게 될 거야. 다른 발소리를 들으면 난 얼른 굴 속으로 들어가겠지. 그렇지만 네 발소리를 들으면 마치 음악 소리를 들은 듯이 굴 밖으로 뛰쳐나올 거야. 그리고 저길 봐! 저기 밀밭이 보이지? 난 빵을 먹지 않아. 밀은 나한테 아무 소용이 없어. 밀밭을 보아도 머리에 떠오르는 게 아무것도 없거든. 그건 서글픈 일이지! 하지만 너는 금빛 머리카락을 가졌어. 그러니 네가

나를 길들인다면 멋질 거야! 금빛으로 무르익은 밀을 보면 네 생각이 날 테니까. 그럼 난 밀밭을 지나가는 바람소리도 사랑하게 될 거야……"

여우는 말을 그치고 어린 왕자를 오래오래 쳐다보더니,

"부탁이야…… 나를 길들여줘!" 하고 말했다.

"나도 그러고 싶어." 어린 왕자가 대답했다. "그렇지만 시간이 많지 않아. 찾아야 할 친구들도 있고 알아볼 것들도 많거든……"

"누구든 자기가 길들인 것밖에는 알지 못하는 거야." 여우가 말했다. "사람들은 이제 시간이 없어서 아무것도 알지 못하게 되었어. 상점에 가서 다 만들어진 물건들을 사는 거야. 하지만 친구를 파는 상점은 없으니까 사람들은 이제 친구가 없어. 친구를 갖고 싶으면 나를 길들여줘!"

"어떻게 하면 되는 건데?"

"아주 참을성이 많아야 해." 여우가 대답했다. "우선 내게서 좀 떨어져서 이렇게 풀밭에 앉아 있어. 내가 곁눈질로 너를 슬쩍 바라볼 거야. 그럼 넌 아무 말 하지 말고 가만히 있어. 말은 오해를 낳는 거니까. 하지만 넌 날마다 조금씩 더 가까이 다가앉게 될 거야……"

다음날 어린 왕자는 다시 거기로 갔다.

"같은 시간에 왔으면 더 좋았을걸." 여우가 말했다. "가령, 네가 오후 네시에 온다면 난 세시부터 벌써 행복해지기 시작할 거야. 시간이 갈수록 나는 점점 더 행복해지겠지. 네시가 되면 난 벌써 흥분해서 안절부절못할 거야. 그래서 행복이 얼마나 값진 것인가를 알게 되겠지! 그러나 네가 시간을 정하지 않고 아무 때나 오면 나는 몇시부터 마음을 곱게 단장해야 하는지 통 알 수가 없잖아…… 그래서 의식이 필요한 거야."

"의식이 뭐지?" 어린 왕자가 물었다.

"그것도 사람들이 너무나 잊고 있는 것이지." 여우가 말했다. "어떤 날이 다른 날들과, 어떤 시간이 다른 시간들과 다르게 만드는 게 의식이야. 가령, 나를 쫓는 사냥꾼들에게도 의식이 있어. 그들은 목요일이면 마을 처녀들과 춤을 추지. 그래서 나에게 목요일은 신나는 날이야! 나는 포도밭까지 산보를 갈 수 있어. 하지만 만약 사냥꾼들이 아무 때나 춤을 춘다고 해봐. 모든 날이 다를 바 없이 다 같은 날일 테니 난 하루도 마음 놓고 쉬지 못할 거야……"

이리하여 어린 왕자는 여우를 길들였다. 그러다가 헤어질 시간이 가까워오자 여우가 말했다.

"아! ……눈물이 날 것만 같아."

"네 탓이야." 어린 왕자가 말했다. "나는 너의 마음을 아프게

"가령, 네가 오후 네시에 온다면 난 세시부터 벌써 행복해지기 시작할 거야."

하고 싶지 않았어. 그런데 네가 길들여달라고 해서……"

"그건 그래." 여우가 말했다.

"그런데 넌 울려고 하잖아!" 어린 왕자가 말했다.

"그래 맞아……" 여우가 말했다.

"그렇다면 넌 얻은 게 아무것도 없잖아!" 어린 왕자가 말했다.

"얻은 게 있어." 여우가 말했다. "밀밭 색깔이 있잖아."

그리고 이렇게 덧붙여 말했다.

"장미꽃들을 다시 가서 봐. 너의 장미꽃이 이 세상에 오직 하나뿐인 꽃이란 걸 알게 될 거야. 그리고 다시 내게 돌아와서 작별인사를 해줘. 그러면 선물로 비밀 하나를 가르쳐줄게."

어린 왕자는 장미꽃들을 다시 보러 갔다.

"너희들은 내 꽃과는 조금도 닮지 않았어. 너희들은 아직 내겐 아무것도 아니야." 그는 꽃들에게 말했다. "아무도 너희들을 길들이지 않았고 너희들 역시 아무도 길들이지 않았어. 너희들은 예전의 내 여우와 같아. 그 여우도 수많은 다른 여우들과 다를 바 없는 한 마리 여우에 지나지 않았거든. 하지만 내가 그를 내 친구로 만들었으니 이제 그는 이 세상에 오직 하나밖에 없는 여우가 된 거야."

그러자 장미꽃들은 매우 어색해했다.

"너희들은 아름답지만 속이 텅 비어 있어." 어린 왕자가 다시 말을 계속 했다. "아무도 너희들을 위해서 자신의 목숨을 바치지 않아. 물론 내 장미꽃도 평범한 행인에겐 너희들과 비슷한 꽃으로 보이겠지. 그렇지만 하나뿐인 그 꽃이 내게는 너희들 모두보다 더 소중해. 내가 직접 물을 준 꽃이니까. 내가 직접 둥근 덮개를 씌워준 꽃이니까. 내가 직접 바람막이로 막아 보호해준 꽃이니까. 내가 직접 벌레들을 잡아준(나비가 되라고 남겨둔 두세 마리만 제외하고) 꽃이니까. 불평을 해도, 자랑을 늘어놓아도, 심지어 때때로 입을 다물고 있어도 나는 다 들어준 꽃이니까. 그건 바로 내 장미꽃이니까."

어린 왕자는 다시 여우에게로 돌아왔다.

"그럼, 잘 있어." 그가 말했다.

"잘 가!" 여우가 말했다. "그럼 비밀을 가르쳐줄게. 아주 간단한 거야. 오직 마음으로 보아야 잘 보인다는 거야. 가장 중요한 건 눈에 보이지 않아."

"가장 중요한 건 눈에 보이지 않아." 잘 기억해두기 위해서 어린 왕자가 되뇌었다.

"네 장미꽃이 그토록 소중하게 된 것은 네가 네 장미꽃을 위해서 들인 시간 때문이야."

"내가 내 장미꽃을 위해서 들인 시간 때문이야……" 잘 기억해두기 위해서 어린 왕자가 되뇌었다.

"사람들은 이 진실을 잊어버렸어." 여우가 말했다. "하지만 넌 그걸 잊으면 안 돼. 네가 길들인 것에 대해서 너는 영원히 책임이 있는 거야. 너는 네 장미꽃에 대해 책임이 있어."

"나는 내 장미꽃에 대해 책임이 있어……" 잘 기억해두기 위해서 어린 왕자가 되뇌었다.

그래서 그는 풀밭에 엎드려 울었다.

22

"안녕." 어린 왕자가 말했다.

"안녕." 철도원이 대답했다.

"여기서 뭘 하고 있어?" 어린 왕자가 물었다.

"기차 손님들을 천 명씩 그룹으로 나누고 있단다. 그들을 태운 열차를 때로는 오른쪽으로, 때로는 왼쪽으로 보내는 거지." 철도원이 말했다.

그러는데 불이 환하게 켜진 급행열차가 천둥소리를 내며 선로 조종실을 뒤흔들었다.

"어지간히도 바쁜 사람들이군." 어린 왕자가 말했다. "뭘 찾으러 가는 거지?"

"그건 기관차를 모는 기관사도 몰라." 철도원이 말했다.

그러자 반대방향에서 불을 환하게 켠 두번째 급행열차가 우렁찬 소리를 내며 달려왔다.

"아까 그 사람들이 벌써 돌아오는 건가?" 어린 왕자가 물었다.

"아까 그 사람들이 아냐." 철도원이 말했다. "두 열차가 서로 교차하는 거야."

"자기가 사는 곳이 마음에 들지 않나보지?"

"자기가 사는 곳이 마음에 드는 법은 없어."

그러자 불을 환하게 켠 세번째 급행열차가 우렁찬 소리를 내며 달려왔다.

"이 사람들은 또 먼젓번 승객들을 쫓아가고 있는 거야?" 어린 왕자가 물었다.

"쫓아가긴 뭘 쫓아가? 저 안에서 잠을 자거나 아니면 하품이나 하고 있는 거지. 오직 아이들만이 유리창에 코를 바짝 대고 있을 뿐이야."

"아이들만이 자기가 무얼 찾고 있는지 알아." 어린 왕자가 말했다. "아이들은 허름한 헝겊인형 하나 때문에도 많은 시간을 보내지. 그러다보면 그 인형이 아주 중요한 게 되는 거야. 누가 그걸 뺏기라도 하면 울어대잖아……"

"아이들은 운이 좋구나." 철도원이 말했다.

23

"안녕." 어린 왕자가 말했다.

"안녕." 장사꾼이 대답했다.

그는 갈증을 달래주는 최신 알약을 파는 장사꾼이었다. 그 약은 한 주일에 한 알씩 먹으면 다시는 목이 마르지 않게 되는 약이었다.

"왜 그걸 팔고 있는 거야?" 어린 왕자가 물었다.

"시간을 엄청나게 절약할 수 있으니까." 장사꾼이 말했다. "전문가들이 계산을 해보니까 일주일에 오십삼 분이 절약된대!"

"그 오십삼 분을 가지고는 뭘 하는데?"

"하고 싶은 걸 하지, 뭐……"

'만약 내게 마음대로 써도 되는 오십삼 분이 있다면 난 샘을

향해 천천히 걸어가겠어.'

어린 왕자는 혼자 생각했다.

24

사막에서 비행기가 고장을 일으킨 지 팔 일째 되는 날이었다. 나는 아껴두었던 물의 마지막 남은 한 방울을 마시면서 그 장사꾼에 관한 이야기를 다 들었다.

"아! 네가 겪은 일들 이야기는 정말 재미있구나!" 나는 어린 왕자에게 말했다.

"그런데 난 아직 비행기를 고치지 못했고 이제는 마실 물조차 떨어졌어. 나도 무슨 샘을 향해서 천천히 걸어갈 수 있었으면 정말 좋겠다."

"내 친구 여우는……"

"얘야, 여우 얘기를 하고 있을 때가 아냐!"

"왜?"

"목이 말라 죽을 지경이니까……"

어린 왕자는 내 말을 이해할 수 없다는 듯 대답했다.

"죽을 지경이라 해도 친구가 있었다는 건 좋은 일이야. 난 여우 친구가 있었다는 게 기뻐……"

'이애는 상황이 얼마나 위급한지 도무지 짐작을 못하는군.' 나는 생각했다. '도무지 배도 안 고프고 목도 마르지 않은 모양이네. 그저 햇볕만 좀 있으면 족한가봐……'

그러나 어린 왕자는 나를 쳐다보더니 내 마음을 헤아린다는 듯 대답했다.

"나도 목이 말라…… 우리 우물을 찾으러 가."

나는 피곤하다는 몸짓을 해 보였다. 넓고 넓은 사막 한가운데서 무턱대고 우물을 찾아 나선다는 것은 당치도 않은 짓이었던 것이다. 그런데도 우리는 걷기 시작했다.

몇 시간 동안 아무 말 없이 걷고 나니 해가 지고 별들이 빛나기 시작했다. 갈증 때문에 열이 좀 있어서 그런지 별들이 마치 꿈속같이 보였다. 어린 왕자가 한 말이 기억 속에서 춤을 추고 있었다.

"그래, 너도 목이 마르단 말이지?"

그러나 어린 왕자는 내 물음엔 대답하지 않고 그저 이렇게만 말했다.

"물은 마음에도 좋을 수가 있어……"

나는 어린 왕자가 하는 말을 이해할 수 없었지만 아무 대꾸도 하지 않았다…… 그에게 되묻지 않는 편이 낫다는 걸 알고 있었으니까.

그는 지쳤는지 주저앉았다. 나도 그의 옆에 앉았다. 그리고 한동안 말이 없더니 또 이렇게 말했다.

"별들이 아름다운 건, 눈에 보이지 않는 한 송이 꽃 때문이야……"

나는 "그래" 하고 대답했다. 그리고 말없이 달빛을 받아 주름진 모래언덕을 바라보았다.

"사막은 아름다워……" 어린 왕자가 말을 이었다.

정말 그랬다. 나는 언제나 사막을 좋아했다. 모래언덕에 앉아 있으면 아무것도 보이지 않고 아무 소리도 들리지 않는다. 그리고 무엇인가 침묵 속에서 빛을 발한다.

"사막이 아름다운 건 어딘가에 샘을 감추고 있기 때문이야……" 어린 왕자가 말했다.

나는 모래가 신비롭게 빛을 발하는 이유를 깨닫고 깜짝 놀랐다. 어렸을 적에 나는 아주 오래된 집에 살고 있었다. 그런데 전해오는 이야기에 의하면 그 집에는 보물이 감춰져 있다고 했다. 물론 아무도 그것을 발견하지 못했다. 아니 어쩌면 아무도 찾으

려 들지 않았는지도 모른다. 그러나 그 보물로 인해서 그 집 전체
가 신비한 마법에 걸려 있는 것만 같았다. 우리집은 그 깊숙한 곳
에 어떤 비밀을 간직하고 있었으니까 말이다.

"그래, 집이건 별이건 사막이건 그것을 아름답게 하는 건 눈에
보이지 않는 법이지!"

내가 어린 왕자에게 말했다.

"아저씨가 내 여우와 생각이 같은 걸 보니 기뻐."

어린 왕자가 잠이 들었으므로 나는 그를 안고 다시 길을 떠났
다. 나는 가슴이 뭉클해졌다. 부서지기 쉬운 무슨 보물을 안고 가
는 느낌이었다. 이 세상에 이보다 더 부서지기 쉬운 것은 없을 거
란 생각까지 들었다. 나는 달빛에 비친 그 창백한 이마, 감겨 있
는 눈, 바람결에 나부끼는 금빛 머리카락을 바라보았다. 그리고
생각했다. '지금 내 눈앞에 보이는 건 오직 껍질일 뿐이야. 가장
중요한 것은 눈에 보이지 않아.'

반쯤 벌리고 있는 그의 입술에 어렴풋한 미소가 어리어 있는
것을 보며 나는 또 생각했다. '이 잠든 어린 왕자가 이렇게까지
내 마음을 감동시키는 것은 꽃 한 송이에 대한 그의 변함없는 마
음, 잠들어 있을 때조차도 꺼지지 않는 등불처럼 그의 마음속에
빛나고 있는 한 송이 장미꽃 때문이야……' 그래서 나는 그가
더욱 부서지기 쉬운 존재라는 것을 느낄 수 있었다. 당연히 등불

을 잘 막아주지 않으면 안 된다. 바람이 거세게 불면 꺼질 수도 있으니까……

그리하여 나는 그렇게 걸어가다가 해가 뜰 무렵에 우물을 발견했다.

그는 웃으며 줄을 만져보고 도르래를 돌려보았다.

25

"사람들은 급행열차에 올라타지만 자기가 무엇을 찾으러 떠나는지 몰라. 그래서 법석을 떨며 제자리에서 맴돌고 있는 거야……" 어린 왕자가 말했다.

그리고 그는 다시 말을 이었다.

"그럴 필요 없는데……"

우리가 찾아낸 우물은 사하라의 우물들과 좀 다른 것이었다. 사하라의 우물들은 그저 모래에 구멍을 파놓은 것이었다. 이것은 마을에 있는 우물 같은 것이었다. 그러나 그곳엔 마을이라곤 없었다. 그래서 나는 꿈을 꾸고 있는 게 아닌가 싶었다.

"이상하군." 내가 어린 왕자에게 말했다. "모든 게 다 갖춰져 있잖아, 도르래, 물통, 밧줄……"

그는 웃으며 줄을 만져보고 도르래를 돌려보았다.

그러자 오랫동안 바람이 자고 있을 때 낡은 풍차가 삐걱거리듯이 도르래가 삐걱거렸다.

"들어봐. 우리가 잠을 깨우니까 우물이 노래를 하잖아."

나는 어린 왕자에게 힘든 일을 시키고 싶지 않았다.

"내가 할게." 내가 말했다. "너한테는 너무 무거워."

나는 천천히 우물 전까지 두레박을 당겨올려서 똑바로 세워놓았다. 내 귀에는 도르래 소리가 쟁쟁하게 울리고 있었고 출렁대는 두레박의 물 속에서 햇빛이 일렁이는 것이 보였다.

"나, 이 물을 마시고 싶어. 물을 좀 줘……" 어린 왕자가 말했다.

나는 어린 왕자가 무엇을 찾고 있었는지를 깨달았다.

나는 그의 입술에 닿도록 물통을 쳐들어주었다. 그는 눈을 감고 물을 마셨다. 축제처럼 달았다. 그 물은 보통 먹는 물과는 다른 것이었다. 별빛을 받으며 걸어와서 도르래 소리를 내며 내 두 팔로 힘들게 길어올린 물이었다. 그것은 선물처럼 마음에 이로운 것이었다. 내가 어린 소년이었을 때, 크리스마스 트리의 불빛, 자정 미사의 음악, 따뜻한 미소 같은 것이 이처럼 내가 받은 크리스마스 선물을 온통 황홀한 것으로 만들어주곤 했었다.

"아저씨가 사는 별의 사람들은 똑같은 하나의 정원에다가 오천 송이나 되는 장미를 가꾸지만……" 하고 어린 왕자가 말했다. "자기들이 찾는 것을 거기서 발견해내지는 못해……"

"그래, 맞아……" 내가 대답했다.

"그렇지만 그들이 찾는 것을 단 한 송이 장미꽃이나 물 한 모금에서 발견해낼 수도 있는 거야……"

"물론이지." 내가 대답했다.

그리고 어린 왕자가 덧붙여 말했다.

"그러나 눈으로는 보지 못해. 마음으로 찾아야 해."

나도 물을 마셨더니 숨쉬기가 좋아졌다. 해가 뜰 무렵이면 모래가 꿀 빛깔이 된다. 나는 이 꿀 빛깔에서도 행복을 느꼈다. 무엇 때문에 괴로워했단 말인가……

"꼭 약속을 지켜야 해." 다시 내 옆에 와 앉은 어린 왕자가 살며시 이런 말을 했다.

"무슨 약속?"

"있잖아…… 내 양에 씌워줄 굴레 말이야…… 난 그 꽃에 대해 책임이 있어!"

나는 끼적거려두었던 그림들을 주머니에서 꺼냈다. 어린 왕자는 그것들을 보더니 웃으며 말했다.

"이 바오밥나무들은 말이지, 양배추 비슷하게 생겼어."

"저런!"

내 딴에는 그래도 바오밥나무 그림들에 대해서 우쭐해하고 있었는데!

"여우는…… 귀가…… 뿔같이 생겼어…… 그리고 너무 기다랗고." 그리고 그는 또 웃었다.

"너무해, 얘야. 난 속이 보이거나 보이지 않는 보아구렁이밖에는 그릴 줄 모른다고 했잖아."

"아, 괜찮아. 어린아이들은 다 알아."

그래서 나는 연필로 굴레를 그렸다. 그 굴레를 어린 왕자에게 줄 때 가슴이 미어지는 느낌이었다.

"넌 내가 모르는 무슨 계획이 있는 모양인데……"

그러나 그는 내 말에는 대답하지 않았다. 그는 말했다.

"저, 내가 지구에 떨어진 지…… 내일이면 일 년이야……"

그리고 잠시 침묵을 지키고 있더니 다시 말했다.

"바로 이 근처에 떨어졌었어."

그리고 그는 얼굴을 붉혔다.

나는 왠지 모르게 이상한 슬픔을 느꼈다. 그러면서도 한 가지 의문이 생겼다.

"그럼, 일주일 전 내가 너를 처음 알게 된 날 아침, 사람 사는 고장에서 수만 리 떨어진 데서 네가 그렇게 혼자 걷고 있었던 건 우연이 아니구나! 그럼 넌 처음에 떨어진 곳으로 돌아가고 있는 길이었니?"

어린 왕자는 다시 얼굴을 붉혔다.

나는 머뭇거리며 말을 이었다.

"아마 일 년이 되었기 때문에 그런 모양이지?"

어린 왕자는 또다시 얼굴을 붉혔다. 그는 묻는 말에 대답하는 일이 없었다. 하지만 얼굴을 붉힌다는 것은 "그렇다"는 뜻이 아닌가!

"아! 난 두려워지는구나……"

그러나 그는 이렇게 대답하는 것이었다.

"아저씨는 이제 일을 해야지. 비행기 있는 데로 돌아가. 난 여기서 아저씨를 기다리고 있을게. 내일 저녁에 다시 와……"

하지만 나는 안심이 되지 않았다. 여우 생각이 났다. 한번 길들여지면 좀 울게 될지도 모른다.

26

우물 옆에는 폐허가 된 옛 돌담이 있었다. 다음날 저녁 작업을 마치고 돌아오면서 보니 어린 왕자가 그 위에 올라앉아 다리를 늘어뜨리고 있었다. 그리고 그가 말하는 소리가 들렸다.

"그래 생각이 안 난단 말이니? 정확하게 여기는 아냐!"

아마도 어떤 다른 목소리가 그와 말을 주고받는 것 같았다. 그가 이렇게 대꾸하니 말이다.

"그래, 그래! 그게 오늘인 건 맞아. 하지만 장소가 여기가 아니란 말이야."

나는 그대로 돌담을 향해 걸어갔다. 아무도 보이지 않고 목소리도 들리지 않았다. 그런데도 어린 왕자는 다시 대꾸를 하고 있었다.

"……물론이지. 모래 위에 발자국이 어디서 시작되는지 보란 말이야. 거기서 나를 기다리면 되는 거야. 오늘 밤 그리로 갈게."

나는 담에서 이십 미터쯤 되는 곳에 있었는데 여전히 보이는 것은 아무것도 없었다. 어린 왕자는 잠시 침묵을 지키고 있다가 또 말을 했다.

"네가 가진 독은 좋은 거겠지? 날 오랫동안 아프게 하지 않을 자신 있지?"

나는 가슴이 조여드는 것 같아 발걸음을 멈추었다. 하지만 어찌 된 영문인지 알 수 없기는 마찬가지였다.

"자, 그럼 이제 저리 가…… 나, 내려갈 거야."

그제야 나는 돌담 밑을 내려다보다가 깜짝 놀라 펄쩍 뛰었다! 거기에는 단 삼십 초 만에 사람을 해치울 수 있는 노란 뱀 하나가 어린 왕자를 향해 몸을 꼿꼿이 세우고 있었던 것이다. 권총을 꺼내려고 주머니를 뒤지며 나는 달리기 시작했다. 그러나 내 발소리에 뱀은 마치 분수가 잦아들 듯이 모래 속으로 슬그머니 미끄러지더니 별로 서두르지도 않고 가벼운 금속성 소리를 내며 돌 틈으로 사라져버렸다.

그 순간 나는 돌담 밑에 이르러 눈처럼 하얗게 질린 어린 왕자를 간신히 품에 받아안을 수 있었다.

"대체 이게 무슨 일이니! 이젠 뱀하고 이야기를 주고받고 있

"자, 그럼 이제 저리 가······ 나, 내려갈 거야."

구나!"

나는 그가 밤낮 목에 두르고 있는 금빛 목도리를 풀었다. 관자놀이를 물로 적셔준 다음 물을 마시게 했다. 그러나 이제 더이상 그에게 뭐라고 물어볼 엄두가 나지 않았다. 그는 나를 심각한 얼굴로 쳐다보더니 두 팔을 내 목에 감아 매달렸다. 카빈총에 맞아 죽어가는 새처럼 그의 가슴이 팔딱거리며 뛰는 것이 느껴졌다.

"아저씨가 고장난 기계를 고치게 돼서 다행이야. 이제 집으로 돌아갈 수 있겠네……"

"그걸 어떻게 알지?"

정말 뜻밖으로 수리에 성공했다는 것을 그에게 알리러 왔던 참이었다.

그는 내가 묻는 말에는 아무 대답도 하지 않고 말을 계속했다.

"나도 오늘 집으로 돌아가……"

그리고 쓸쓸한 표정으로 말했다.

"그건 훨씬 더 멀고…… 훨씬 더 어려워……"

필시 무슨 심상치 않은 일이 생겼다는 것을 느낄 수 있었다. 나는 그를 어린 아기 안듯이 꼭 껴안았다. 그렇지만 그는 깊은 심연 속으로 곧장 빠져들어가는 것만 같았고 내게는 그를 붙잡아줄 힘이 없었다.

그의 심각한 눈길은 먼 곳에만 팔려 있었다.

"나에겐 아저씨가 그려준 양이 있어. 그리고 양을 넣어두는 상자도 있어. 그리고 굴레도……"

그리고 그는 쓸쓸한 웃음을 지어 보였다.

나는 오랫동안 기다렸다. 그의 몸이 차츰 따뜻해지는 것이 느껴졌다.

"애야, 무서웠지……"

물론 무서웠을 것이다! 하지만 그는 나직하게 웃었다.

"오늘 저녁엔 훨씬 더 무서울 텐데……"

돌이킬 수 없는 어떤 일이 일어나고 있다는 느낌에 나는 다시금 등골이 서늘해졌다. 이 웃음소리를 다시는 들을 수 없게 된다는 것은 생각만 해도 견딜 수가 없었다. 내게 있어서 그 웃음소리는 사막 속의 샘과 같은 것이었다.

"애, 난 네 웃음소리를 다시 듣고 싶어."

그러나 그는 나에게 말했다.

"오늘 밤이면 일 년이 돼. 내 별은 오늘 밤 내가 작년에 떨어졌던 자리 바로 위에 오게 돼……"

"애, 그 뱀이니 만날 약속이니 별이니 하는 이야기는 모두가 그냥 나쁜 꿈일 뿐이겠지……"

그러나 그는 내가 묻는 말에는 대답하지 않았다. 그는 내게 말했다.

"중요한 건 눈에 보이지 않는 거야……"

"물론이지……"

"꽃도 마찬가지야. 만약 어느 별에 있는 꽃 한 송이를 사랑한다면 밤에 하늘을 쳐다보는 기분이 말할 수 없이 달콤할 거야. 어느 별에나 다 꽃이 피어 있을 테니까."

"그럼……"

"물도 마찬가지야. 아저씨가 내게 마시게 해준 물은 음악 같았어. 도르래와 밧줄 때문에…… 생각나지…… 물맛이 정말 좋았지……"

"그럼……"

"밤이 되거든 별들을 쳐다봐. 내 별은 너무 작아서 어디 있는지 가리켜 보일 수가 없어. 하지만 오히려 잘됐어. 아저씨에게 내 별은 많은 별들 중 어느 하나일 테니까…… 그럼 아저씨는 어느 별을 바라보든 하나같이 다 즐거울 거야…… 그 별들은 모두 다 아저씨에겐 친구일 거야. 그리고 참, 나 아저씨한테 선물을 하나 하려고 해……"

그가 또 웃었다.

"아! 애야, 난 너의 그 웃음소리가 좋아!"

"바로 이게 내 선물이야…… 물도 마찬가지야……"

"그게 무슨 뜻이니?"

"사람들은 다 별들을 바라보지만 그건 같은 별들이 아니야. 여행하는 사람들에게는 별들이 길잡이가 되어주지. 또 어떤 사람들에게는 그저 작은 불빛에 지나지 않아. 학자들에게는 해결해야 할 문제들이고 전에 말한 사업가에겐 금으로 보여. 하지만 저 모든 별들은 말이 없어. 아저씨는 어느 누구도 갖지 못한 별들을 갖게 될 거야……"

"그게 무슨 뜻이니?"

"아저씨가 밤에 하늘을 바라볼 때면 내가 그 별들 중 하나에 살고 있을 테니까, 내가 그 별들 중 하나에서 웃고 있을 테니까, 아저씨에겐 모든 별들이 다 웃고 있는 것처럼 보일 거야. 그러니까 아저씬 웃을 줄 아는 별들을 갖게 되는 거야!"

그는 또 웃었다.

"그리고 슬픔이 가시고 나면(슬픔이란 늘 가시게 마련이니까) 아저씬 나를 알게 된 것을 기뻐하게 될 거야. 아저씨는 언제까지나 나하고 친구로 있을 거고, 나와 함께 웃고 싶어질 거야. 그리고 가끔 그냥 괜히 창문을 열겠지…… 아저씨가 하늘을 쳐다보고 웃는 걸 보면 친구들이 아주 이상히 여길 테지. 그러면 이렇게 말해줘. '그래, 난 별들을 보면 언제나 웃음이 나와!' 그러면 그들은 아저씨가 미쳤다고 생각하겠지. 난 아저씨를 된통 골탕 먹인 셈이 되겠네……"

그리고 그는 또 웃었다.

"그렇게 되면 나는 마치 별이 아니라 웃을 줄 아는 조그만 방울들을 아저씨한테 잔뜩 준 것이나 마찬가지가 될 거야……"

그리고 그는 또 웃었다. 이윽고 그는 다시 심각해졌다.

"오늘 밤엔…… 그러니까…… 오지 마."

"난 네 곁을 떠나지 않을 거야."

"난 아픈 것같이 보일 거야…… 죽어가는 것같이 말이야. 아마 그럴 거야. 그러니까 그런 걸 보러 오지는 마. 올 필요 없어……"

"난 네 곁을 떠나지 않을 거야."

어린 왕자는 근심스런 표정이었다.

"내가 이런 말을 하는 건…… 뱀 때문이기도 해. 뱀이 아저씨를 물면 안 되거든…… 뱀은 못됐어. 괜히 무는 수도 있거든……"

"난 네 곁을 떠나지 않을 거야……"

그러나 무슨 생각을 했는지 그는 안심하는 눈치였다.

"하긴 두번째 물 때는 독이 없지……"

그날 밤 나는 그가 길을 떠나는 것을 보지 못했다. 그는 소리없이 사라져버린 것이다. 내가 그를 뒤쫓아가보았더니 그는 작정한 듯 빠른 걸음으로 걸어가고 있었다. 그는 그저 이렇게 말할 뿐이었다.

"아, 아저씨구나?"

그리고 그는 내 손을 잡았다. 그러나 그는 또 걱정을 말했다.

"아저씨가 온 건 잘못이야. 마음이 아플 테니 말이야. 난 죽은 것같이 보이겠지만 정말로 죽는 건 아니야."

나는 아무 말도 하지 않았다.

"알다시피, 거긴 너무 멀어. 그래서 나는 이 몸을 가지고는 갈 수가 없어. 너무 무겁거든."

나는 아무 말도 하지 않았다.

"그러나 그건 벗어던진 낡은 껍데기나 마찬가질 거야. 낡은 껍데기가 슬플 건 없잖아."

나는 아무 말도 하지 않았다.

그는 좀 풀이 죽어 있었다. 그러나 다시 힘을 내려고 애썼다.

"그건 참 좋을 거야. 나도 별들을 바라보겠어. 별들이 모두 다 녹슨 도르래가 있는 우물이 되겠지. 별들이 모두 다 마실 물을 부어줄 거야……"

나는 아무 말도 하지 않았다.

"정말 재미있을 거야! 아저씬 오억 개나 되는 방울을 갖게 되

고 난 오억 개나 되는 우물을 갖게 될 테니까……"

그리고 그 역시 아무 말도 하지 않았다. 울고 있었던 것이다.

"바로 저기야. 나 혼자 한 발짝만 걸어갈 테니 보고만 있어."

그렇게 말한 어린 왕자는 그 자리에 주저앉았다. 무서웠던 것
이다. 그리고 그는 또 말했다.

"저어, 아저씨…… 내 꽃 말이야…… 난 그 꽃에 대해 책임이
있어! 그런데 그 꽃이 너무나 연약해서 말이야! 그리고 또 너무
순진하고, 겨우 보잘것없는 가시 네 개를 가지고 세상과 맞서서
자기를 지켜나가야 하거든."

나는 더이상 서 있을 수가 없어서 주저앉아버렸다. 그가 말했다.

"자…… 이게 다야……"

그는 또 잠시 망설이더니 다시 일어났다. 그러고는 한 발짝을
내디뎠다. 나는 꼼짝도 할 수가 없었다.

그의 발목께에서 그저 노란 빛이 반짝했을 뿐이었다. 그는 한
순간 꼼짝 않고 그 자리에 서 있었다. 소리도 지르지 않았다. 그
는 한 그루 나무처럼 천천히 쓰러졌다. 모래바닥이어서 아무런
소리도 나지 않았다.

27

그러니까 지금은 벌써 육 년이나 지난 일이 되었다. 나는 아직 이 이야기를 한 번도 한 적이 없다. 나를 다시 만난 친구들은 내가 살아 돌아온 것을 보고 무척이나 기뻐했다. 나는 슬펐지만 그들에게는 그저 "피곤해서 그래……" 하고만 말했다.

지금은 그 슬픔이 좀 가셨다. 그러니까…… 완전히 가신 건 아니란 말이다. 그러나 나는 그가 자기의 별로 돌아갔다는 것을 잘 알고 있다. 다음날 해가 떴을 때 그의 몸을 찾을 길이 없었으니 말이다. 그다지 무거운 몸이 아니었는지…… 그래서 나는 밤이면 하늘에 반짝이는 별들의 소리에 귀를 기울이기를 좋아하게 되었다. 그게 마치 오억 개나 되는 작은 방울들 같아서……

그런데 참으로 이상한 일이 벌어지고 있는 것이다. 어린 왕자에게 그려준 굴레 말인데, 나는 그만 깜박하고 그것에 가죽끈을 달아주는 걸 잊어버린 것이다! 그는 그 굴레를 끝내 양에게 씌우지 못할 것이다. 그래서 나는 속으로 생각해본다. '그의 별에서 대체 무슨 일이 일어나고 있는 것일까? 양이 꽃을 먹어버렸는지도 모르는데……'

때로는 이런 생각도 한다. '그럴 리가 없지! 어린 왕자는 밤마다 꽃에 둥근 유리 덮개를 씌워주고 양이 못 덤비게 잘 보고 있을 거야……' 그렇게 생각하면 나는 행복해진다. 그러면 모든 별들도 빙그레 웃는다.

또 때로는 이런 생각도 한다. '어쩌다 한두 번은 방심할 수도 있어. 그러면 끝장인데! 어느 날 밤, 그가 둥근 유리 덮개를 씌우는 걸 잊어버렸거나 아니면 양이 밤중에 소리없이 밖으로 나왔다면……' 이런 생각이 들 때면 작은 방울들은 모두 눈물방울로 변하고……

이건 정말이지 커다란 수수께끼다. 어린 왕자를 사랑하는 여러분에게나 나에게나, 이 세상 어딘가에 우리가 알지 못하는 양한 마리가 한 송이 장미꽃을 먹었느냐 먹지 않았느냐에 따라서 이 세상천지의 모든 게 온통 다 달라져버리니 말이다.

하늘을 쳐다보라. 그리고 이렇게 자문해보라. "양이 그 꽃을

그는 한 그루 나무처럼 천천히 쓰러졌다.

먹었을까, 먹지 않았을까?" 그러면 세상이 얼마나 달라지는지를 알 수 있을 것이다.

그러나 어른들은 아무도 그게 그렇게 중요하다는 걸 깨닫지 못할 것이다.

이건 나에게는 이 세상에서 가장 아름답고 가장 슬픈 풍경이다. 앞 페이지의 그것과 같은 풍경이지만 여러분에게 좀더 분명하게 보여주려고 다시 한번 그려보았다. 어린 왕자가 이 지상에 나타났다가 사라진 곳이 바로 여기다.

이 장면을 자세히 봐두었다가 언제고 여러분이 아프리카의 사막을 여행하게 되면 그 풍경을 확실하게 알아볼 수 있기를 바란다. 그리고 혹시 그리로 지나가게 되거든 제발 부탁이니 서두르지 말고 바로 그 별 밑에서 조금 기다려보기 바란다! 그때 만약 어떤 아이가 여러분에게 다가온다면, 만약 그가 웃는다면, 만약 그 아이의 머리칼이 금빛이라면, 만약 묻는 말에 그가 대답을 하지 않는다면, 여러분은 그가 누군지 곧 알아챌 수 있을 것이다. 그렇게 되거든 제발 부탁이니! 나를 이토록 슬퍼하게 버려두지 말고 그가 돌아왔다고 빨리 편지해주기를……

생텍쥐페리 연보

1900년 6월 29일 앙투안 마리 로제 드 생텍쥐페리(Antoine Marie
Roger de Saint-Exupéry), 프랑스 리옹에서 출생. 부계는 리
무젱, 모계는 프로방스 출신이다. 마리 마들렌, 시몬 두 누이
와 동생 프랑수아, 여동생 가브리엘, 5남매 중 맏아들. 어린
시절을 렝 지방의 생 모리스 드 레망 성(城)과 바르 지방의
라 몰 성에서 보내다.

1904년 7월 아버지 장 드 생텍쥐페리 뇌충혈로 사망.

1909년 집안이 르망에 정착.

1909년 10월 7일 르망의 콜레주 노트르 담 드 생 크루아에 입학.

1912년 처음으로 조종사 베드린과 함께 앙베리외 공항에서 첫 비
행. 키엘뵈프 선생에게서 처음으로 바이올린 교습.

1914년 10월 빌 프랑슈 쉬르 손느에서 동생과 함께 콜레주 몽그레
입학. 전쟁과 건강상의 이유로 삼 개월 후 학교를 떠나 스위
스 프리부르로 가서 콜레주 드 라 빌라 생 장에 입학하다. 그
가 일생 동안 향수를 느끼며 추억하는 유일한 학교 생활.

1917년 7월 동생 프랑수아의 병사. 생텍스의 운명론적 기질의 발단.
10월 바칼로레아의 준비를 위해 파리 뤽상부르 공원 근처의
사립 기숙학교인 보쉬에 학교 입학. 부 교장 모리스 쉬두르
신부를 만나다. 1919년까지 생 루이 고등학교에서 해군사관

학교 입시 준비.

1919년 6월 해군사관학교 입시에서 구두시험 불합격.

1920년 파리 미술학교 건축과에 청강생으로 입학하여 6개월간 수학.

1921년 6월 2년간의 군 복무를 위하여 공군에 소집되다. 전투 비행
단 제2연대 소속으로 스트라스부르에서 군복무. 정비부대
소속이었으나 로베르 아에비에게 개인교습을 받은 후 조종
사가 되다. 사관생도 자격으로 카사블랑카에 배속되어 1922
년 2월까지 체류.

1922년 10월 제34비행연대의 전투중대 중위로 파리의 주 공항인 부
르제에서 공군 2년차를 마치다. 시인이며 소설가인 루이즈
드 빌모랭을 알게 되어 약혼.

1923년 이해 초 비행기가 부르제에서 추락, 두개골 골절상. 루이즈
드 빌모랭과 파혼. 6월 제대. 공군에 계속 남으라는 권유를
포기하고 파리의 튈르리 드 부아롱 사무실에 취직하여 월급
쟁이가 되다. 사무실을 떠나 오토모빌 소레 공장의 지방담
당 트럭 외판원으로 일하다. 여동생 가브리엘이 피에르 드
지로 다게와 결혼하다. 보쉬에 학교 시절 친구의 여동생인
르네 드 소신느에게 편지를 쓰기 시작하다. 남에게 인정받
고 싶어하는 생텍스의 광적 욕망이 편지 속에 확실하게 나
타남.

1923~1926년 작가수업.

1926년 아드리엔 모니에가 발간하는 『르 나비르 다르장』지에 짧은
단편 「비행사」 발표. 10월 11일 보쉬에 학교 시절의 스승 쉬

두르 신부의 주선으로 라테코에르 항공사에 취업. 처음에는
사무원으로 일하나 비행기 조종을 하고 싶어하여 툴루즈의
영업부장 디디에 도라 앞에 출두, 11월 비행기를 수령하다.
생텍스의 생애에서 행복한 오 년의 시작. 1926~1931년 사
이에 장래의 작품들에 자양분을 제공할 핵심적 경험을 축적
한다.

1927년 봄 바셰, 메르모즈, 에티엔 기요메, 레크리뱅 등과 함께 프랑
스의 툴루즈-서아프리카 세네갈의 다카르 항로 우편기 조
종. 다카르 항로상의 아프리카 기항지인 모로코 남부 캅 쥐
비의 항공기지 착륙장 지점장으로 발령받다. 해안지역의 외
따로 떨어진 사막인 이 불안한 지역에서 18개월 동안 보낸
경험은 『인간의 대지』 『어린 왕자』와 『성채』에 깊은 흔적을
남긴다.

1928년 프랑스로 돌아와 소설 『남방 우편기』 발표. 갈리마르 출판사
와 전속 계약. 브레스트에서 해군 항공 고등교육을 받고 디
플롬 획득. 9월 남미로 출발.

1929년 10월 19일 아르헨티나 부에노스아이레스에서 옛 동료 기요
메 등과 재회. '아에로포스탈 아르헨티나' 회사의 영업부장
이 되다.

1930년 6월 13일 기요메가 안데스 산맥을 22번째로 넘다가 눈 폭풍
에 휘말려 실종. 오 일간 생텍스와 델레가 수색하나 실패. 6월
30일 기요메 생환. 생텍스가 그를 멘도사로 이송. 아르헨티
나를 출발하기 몇 주 전인 1930년 가을, 알리앙스 프랑세즈

리셉션에서 과테말라 출신 문인 엔리케 고메즈 카리요의 미 망인 콘수엘로와 만나다.

1931년   아에로포스탈 사 해체. 도라, 생텍스 등 사임. 1월 파리로 출 발, 4월 12일 아게(바르)에서 보쉬에 학교의 교장 모리스 쉬 두르 신부의 주례로, 만난 지 칠 개월 만에 콘수엘로 순신과 정식으로 결혼. 다시 회사의 프랑스—남미 노선에 취업. 두 번째 작품 『야간비행』 출간. 12월 페미나 상 수상.

1932년   생 모리스 레망 성이 리옹 시에 매각되고 어머니는 칸의 아 파트로 이사한다. 라테코에르 사 연습조종사가 된다.

1934년   새로 창설된 에어 프랑스 사에 프랑스 및 해외 선전국 아타 셰로 입사. 1934년에는 사이공에서 활약.

1935년   일간지 『파리 수아르』에 의하여 모스크바에 특파되다. 에어 프랑스 후원으로 시문기를 타고 지중해 일주 강연. 12월 31 일 파리—사이공 비행기록을 세우기 위하여 시문기로 이집 트로 출발. 12월 30일 현지시간 4시 45분 카이로에서 200킬 로 지점, 리비아 사막에 불시착하나 5일 동안 걸어가다가 베 두인 유목민의 카라반을 만나 구조되어 카이로의 피라미드 발치의 메나 하우스 호텔에 며칠간 체류. 파리로 귀환.

1936년   이때부터 제트기를 할당받다. 12월 7일 친구 메르모즈 사망.

1937년   2월 7일 시문기를 타고 카사블랑카로 향발. 3월 파리 귀환. 4월 『파리 수아르』 파견으로 카르바셀과 마드리드 전선 취 재. 9월 뉴욕—티에라 델 푸에고(tiera del fuego) 항로를 시 문기로 시험비행할 것을 항공성에 제안하여 허락받다.

1938년 2월 15일 미국 뉴욕에서 이륙. 과테말라에서 추락. 심한 부
상. 3월 28일 뉴욕으로 이송되어 치료받다. 7월 초 안 린드
버그의 책 『바람이 인다』에 서문을 쓰다.

1939년 2월 『인간의 대지』 출간. 6월 미국에서 『바람과 모래와 별』
의 제목으로 번역 출간되어 '이달의 책'으로 지정되고 프랑
스에서는 아카데미 프랑세즈 소설 대상 수상. 미국 여행. 8
월 20일 전쟁이 임박했음을 예감하고 서둘러 귀국.

1939년 9월 3일 독일과의 전쟁 발발로 동원령. 툴루즈 기지로 출두
명령받음. 아내 콘수엘로는 라 바렌느-자르시의 시골집 '라
퓌으레La Feuilleraie'에 기거. 공군 대위로 툴루즈 비행대
소속 교육장교로 임명됨. 전투비행사가 되고자 했으나 12월
부터 1940년 7월 까지 고공촬영 임무를 띤 정찰대(그랑드 르
코네상스) 2/33전투비행중대 배속(오르콩트 숙영지 주둔).

1940년 5월 10일 "이상한 전쟁" 종식.

1940년 6월 17일 2/33전투비행중대 모든 장교는 알제로 이동. 6월
22일 휴전협정. 부대가 오를리에서 퐁텐블로 북동쪽 낭지스
로 이동. 7월 31일 공군에서 전역. 8월 5일 어머니가 와 있는
아게의 누이 집에 정착. 『성채』 집필 계획. 10월 아내 콘수엘
로는 뤼베롱 산자락의 도페드 르 비외에로 가다. 10월 24일
미국의 출판사에서 『바람과 모래와 별』의 판촉에 참가할 것
을 권유하는 한편 프랑스의 전쟁에 관한 다른 책을 집필 요
청. 미국행을 결심. 11월 5일, 모로코를 거쳐 리스본으로. 11
월 16일 영국 비행기로 오인한 이탈리아 전투기에 추격당하

여 지중해 상공에서 기요메가 사망했다는 소식을 접하다. 12월 뉴욕으로 출발. 호텔 생활.

1941년 　2월 뉴욕의 리츠칼튼 호텔을 떠나 센트럴파크 사우스 240번 지 27층 아파트로 이사. 영어 사용을 거부. 여름을 로스 앤 젤레스에서 보내다. 7월 영화감독 장 르누아르의 초청으로 할리우드에 가다. 『인간의 대지』의 영화화 계획.

1942년 　뉴욕으로 돌아온 뒤 『어린 왕자』 집필 시작. 2월 20일 『전시 조종사』의 영어 번역판 『Flight to Arras』 출간(베르나르 라 모트의 삽화). 프랑스에서도 출간되었다가 1943년 독일 당 국에 의하여 판매금지. 여름을 롱아일랜드에서 보내다. 『어 린 왕자』 집필과 삽화 그리기에 몰두하다. 11월 독일이 프랑 스 전역을 점령. 미국이 비시주재 대사관 철수. 생텍쥐페리 모자간의 서신왕래가 결정적으로 단절되다. 11월 6일 미군 이 북아프리카 상륙. 12월, 『뉴욕 타임스』지에 "모든 곳에 있는 프랑스 사람들에게"라는 공개서한을 발표하고 2/33부 대에 합류하려고 노력.

1943년 　2월 『어떤 볼모에게 보내는 편지』 발표. 3월 『어린 왕자』 영 어, 불어판 출간. 5월 4일, 미국 출발. 삼 주간에 걸친 선박여 행 끝에 대서양을 건너 알제의 우지다에서 미국군의 지휘를 받는 자신의 편대에 합류. 7월 편대가 튀니스로 이동. 7월 21일 생텍쥐페리는 정찰임무를 띠고 론 계곡 상공을 비행하 나 착륙이 미숙하다고 판단되어 연령 초과를 이유로 미국 사령관에게 소환당하다. 비행 금지. 8월 알제의 조그만 방에

서 기거. 제트 엔진 연구. 미완의 대작 『성채』 수정작업. 31
편대 대장인 샤생 대령의 개입으로 사르데뉴 주둔 부대에
배속. 비행훈련. 단 5회만 비행한다는 조건으로 알제의 2/33
비행중대 복귀 성공.

1944년 7월 부대가 코르시카 보르고 기지로 이동. 7월 31일 아침 8
시 30분 그르노블-안시 지역 정찰임무를 띠고 마지막 이륙.
예정된 13시 30분, 기지로 귀환하지 않음. 남은 연료는 한
시간분. 바스티아 북쪽 100킬로 지점인 코르시카 상공에서
적기에 피격되었을 것으로 추정됨. 44세.

어린 왕자

1판 1쇄 | 2007년 5월 8일
1판 47쇄 | 2024년 9월 13일

지은이 앙투안 마리 로제 드 생텍쥐페리
옮긴이 김화영
책임편집 조연주
디자인 송윤형 이원경 | 저작권 박지영 형소진 최은진 오서영
마케팅 정민호 서지화 한민아 이민경 왕지경 정경주 김수인 김혜원 김하연 김예진
브랜딩 함유지 함근아 박민재 김희숙 이송이 박다솔 조다현 정승민 배진성
제작 강신은 김동욱 이순호 | 제작처 영신사

펴낸곳 (주)문학동네 | 펴낸이 김소영
출판등록 1993년 10월 22일 제2003-000045호
주소 10881 경기도 파주시 회동길 210
전자우편 editor@munhak.com | 대표전화 031)955-8888 | 팩스 031)955-8855
문의전화 031) 955-2696(마케팅) 031) 955-1906(편집)
문학동네카페 http://cafe.naver.com/mhdn
인스타그램 @munhakdongne | 트위터 @munhakdongne
북클럽문학동네 http://bookclubmunhak.com

ISBN 978-89-546-0309-6 04860
     978-89-546-0311-9(세트)

잘못된 책은 구입하신 서점에서 교환해드립니다.
기타 교환 문의: 031) 955-2661, 3580

www.munhak.com

생텍쥐페리

1900년 프랑스 리옹에서 태어났다. 4세에 아버지가 사망했고, 청소년기에 제1차세계대전을 겪었다. 스트라스부르의 전투기 연대에서 군복무를 하게 된 생텍쥐페리는 21세에 조종사 자격증을 취득했으며, 제대 후에는 라테고에르 항공사에 취직하여 정기우편비행을 담당한다. 비행은 그에게 직업일 뿐 아니라 모험과 사색의 연장이었으며, 비행중의 경험 그리고 동료들과의 우정은 많은 작품의 모태가 된다. 민간항공사의 비행사로 일하는 중에도 꾸준히 작품을 발표한 생텍쥐페리는 신문사의 특파원으로서 스페인의 시민전쟁을 취재하는 등 '행동주의 작가'의 면모를 보여준다. 제2차세계대전이 일어나자 다시 전투비행사로 복무했고, 이후 뉴욕에서 작품 쓰는 일에 전념하다가 알제리의 정찰비행단에 들어간다. 1944년 7월, 생텍쥐페리는 그르노블-안시 지역으로 출격했으나 돌아오지 못한다.

1913년『야간 비행』으로 페미나 상을, 1939년에는『인간의 대지』로 아카데미 프랑세즈 소설 대상을 받았다.『남방우편기』『어린 왕자』『성채』『전시 조종사』등의 작품이 있다.

김화영

서울대학교 불문과를 졸업하고 동 대학원에서 석사과정을 마쳤다. 프랑스 엑상프로방스 대학교에서 알베르 카뮈론으로 문학박사 학위를 받고 30여 년 동안 고려대학교 불문과 교수로 재직하면서 개성적인 글쓰기와 유려한 번역, 어느 유파에도 구속되지 않는 자유로운 활동으로 우리 문학계와 지성계에서 독특한 위치를 점했다. 현재 고려대학교 명예교수이자 대한민국예술원 회원으로 있다.『바람을 담는 집』『시간의 파도로 지은 성城』『김화영의 알제리 기행』『어린 왕자를 찾아서』『소설의 숲에서 길을 묻다』『행복의 충격』『여름의 묘약』『김화영의 번역수첩』등 20여 권의 저서와, 알베르 카뮈 전집(전20권),『내 생애의 아이들』『섬』『걷기예찬』『마담 보바리』『지상의 양식』『어두운 상점들의 거리』『카뮈-그르니에 서한집 1932~1960』등 100여 권의 번역서가 있다.